구자형의

윈드

# 구자형의 윈드

· **1판 1쇄 발행** ｜ 2008년 7월 25일
· **글/사진** ｜ 구자형
· **펴낸이** ｜ 이희선
· **펴낸곳** ｜ 미들하우스
· **주소** ｜ 서울특별시 마포구 서교동 357-1 서교오피스텔 310호
· **전화** ｜ 02-333-6250 · **팩스** ｜ 02-333-6251
· **등록일** ｜ 2007. 7. 20 · **등록번호** ｜ 제313-2007-000149호
· **ISBN** ｜ 978-89-93391-00-8
· **표지 및 본문디자인** ｜ 프린웍스
· **출력** ｜ 포비전 · **인쇄** · **제본** ｜ 영신사 · **가격** ｜ 12,000원

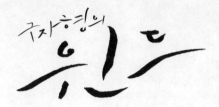

# 구자형의 우드스탁

## 자유, 사랑 그리고 나를 찾은 미국 음악 기행

"햇살 가득한 그곳에선 모두가 음악이 되고 바람이 된다."

글·사진 | 구자형

●●● 이 책은 미국 음악문화의 속살을 보여준다. 그것은 매우 부드러운 사랑의 바람, 자유의 바람이다. 그렇다. 음악은 화폐로 환산할 수 없는 세상에서 가장 유익하고 양호한 어머니이자 연인. 그래서 세상은 풍요로운 축제, 같이 춤추자. 손 내민다. 지금 바로 당신에게.

**-한대수/싱어 송 라이터**

●●● 구자형 작가의 산문은 하모니카 소리처럼 아련하고 기타 선율처럼 정겹다. "자유, 사랑 그리고 나를 찾은 미국 음악 기행"이라는 부제가 설명하고 있듯 그의 모든 시간은 음악으로 회귀하고 있다. 세상의 모든 음악은 그의 종교이자 삶 자체인 것 같다. 그와 조우하는 미국의 햇볕과 바다와 거리들이 낯익은 재즈로 혹은 시詩로 환치되는 것이 조금도 이상하지 않다.

한 권의 책을 읽고 소용돌이치는 생의 감정이 정제되고 행복해지기는 처음이다. 그가 진행하는 특별한 콘서트에 초대받아 아주 순결한 초저녁의 시간을 편안하게 보냈다는 느낌이다. 그가 사랑하는 미국 땅의 음악적 기억과 정취에서 구자형이란 한 인간에게로 음악 여행을 떠났다가 돌아온 듯하다.

**- 정찬주/소설가**

●●● 음악을 딱 한마디로 정의한다면 아마도 자유일 것이다. 자유가 아니면 굳이 음악을 하거나 들을 이유가 없다. 이번 여행에세이는 그 음악의 자유를 여행이 갖는 생래적 자유와 엮어 모처럼의 상쾌한 '더블 프리덤'을 소개하고 있다. 우리 체제의 기본이 고단한 생활임을 다시금 확인하고 있는 지금, 천속한 시스템에 의해 음악과 음악가가 상품으로 희화화되어 전락해버린 지금, 이 책은 그래도 내 맘속 영혼의 자유를 일깨우기 위해 과감히 떠나라고 권유한다. 음악과 여행이 손잡고 빚어내는 자유의 천국을 향하여…….

**임진모/음악평론가**


●●● 음악은 사람들을 하나로 이어주는 보이지 않는 끈이란 생각을 한다. 매일 저녁 방송을 하면서 팝송이란 매력 덩어리의 끈을 통해, 청취자들과 나는 시공간을 초월해 사랑의 강물이 마음속으로 넉넉히 흘러감을 새삼 전율처럼 느끼곤 한다. 이 책은 그런 기쁨의 느낌들이 온통 몰려나온 눈부신 빛살의 바다인 것이다.

**– 배미향/ CBS Radio 저녁 스케치 939 DJ, PD**

# 바람이 가르쳐준 노래

샌프란시스코에 가신다면 머리에 꽃을 꽂고 예르바 부에나 가든Yerba Vuena Garden에 꼭 가 보세요. 어딘가에서의 광기가 그곳에서는 자유입니다. 시애틀에 가신다면 꼭 이 책에 나오는 라이브 카페 벨라Bella에 가 보세요. 행복한 자유가 있습니다. 이튿날엔 재즈 앨리Jazz Alley도 꼭 가 보세요. 세계 최고의 재즈 카페입니다. L.A에 가신다면 라이브 클럽 포테이토Potato에 꼭 가 보세요. 작지만 최고의 언더그라운드 밴드들을 만날 수 있습니다. 물론 멤피스Memphis를 노래하던 찰떡 목소리 쟈니 리버스Johnny Rivers의 전설 어린, 선셋 스트리트Sun Set Street의 위스키 아고고Whisky a Go Go에도 들러 보세요. 색깔 확실한 신인 밴드들이 당신 가슴을 음악의 바다 빛으로 물들입니다. 내쉬빌에 가신다면 라이브 클럽 블루 버드Blue Bird는 물론이고 하루 종일 컨트리 대가들이 줄줄이 노래하는 그랜드 올 오프리Grand Ole Opry도 끝내 줍니다. 뉴올리언즈야 새삼 말할 것도 없이 재즈 뮤직의 꽃밭이요 푸른 바다입니다. 2005년 여름, 불현듯 에미넴Eminem 콘서트를 보기 위해 뉴욕을 갔고 메디슨 스퀘어 가든에서 50cent를 비롯해 숱한 힙합 스타들의 4시간 반짜리 공연을 정말 신바람 나게 2만 관객과 함께 즐겼습니다. 에미넴은 완벽한 음악과학이었습니다. 2007년 겨울 또다시 외로워져 뉴욕에서 뮤지컬 무빙 아웃Movin' Out을 보고 뒷 풀이로 재즈 카페 버드 랜드Bird Land에 들렀다가 기차 타고 뉴저지에 가서 미국 흙냄새, 케니 로저스Kenny Rodgers의 크리스마스 콘서트를 봤습니다.

그래요. 떠나세요. 숱한 이 도시의 나에 대한 오해를 벗어나기 위해서. 또 말로만 듣던 소문으로만 듣던 그놈의 자유를 찾아서. 그래요. 어디든 훌쩍 떠나서 날 부르는 그 어떤 목소리를 따라 방랑하세요. 자본주의의 휴식처 네온사인이 이끄는 밀실의 유혹을 벗어나 당연히 떠나셔야만 합니다. 더 나이 들기 전에, 더 늙기 전에, 그야말로 죽기 전에 뜨겁게 떠나시길 바랍니다. 지상의 모든 도시들은 지금 이 순간에도 당신을 기다립니다. 목이 빠져라 기다립니다. 왜 안 오시나, 그대 왜 못 오시나, 해 저물도록 기다리고 밤 새도록 뒤척입니다. 그래요. 지상의 모든 도시의 아름다운 아침! 당신을 위해 떠오른 태양의 초대장입니다. 세상 모든 파도와 햇살, 바람과 새들의 비상 그리고 푸른 나뭇잎들은 당신의 떠남을 위한 축하의 박수, 기쁨으로 달려오는 포옹, 당신의 길을 가리키는 부드러운 손길, 당신 가슴 속 잠자던 새들이 일제히 깨어나 한없이 날아오르는 기적입니다.

그 벅찬 것들, 더는 외면하지 마세요. 당신을 옥죄이는, 짜증 나게 하는, 꾸준히 당신을 작게만 하여 가는 음모와 과감히 결별하세요. 당신을 지치게 하고 마침내 무력하게 만드는 공해와 오염과 부패와 이를 보호해 나가는 가운데 이익을 챙기는 그 더러운 허깨비 같은 잘못된 권력 시스템을 발길로 뻥뻥 걷어차 버리고 독립하세요.(더구나 그 권력들은 더럽게도 짜게 논답니다. 잘 아시잖아요. 말하자면 작은 숟가락으로 몇 술 밥 먹이고 커다란 삽질을 한없이 해야만 한답니다. 한마디로 우주 순환의 법칙을 벗어난 야바위꾼들의 협잡이라고나 할까, 그건 우리들의 결정적이거나 최후의 일이 될 수 없어요.)

스스로 정부가 되세요. 스스로 국가가 되세요. 아니 그것도 작기만 합니다. 그대 이제 자유가 되시지요. 자유로 가는 길, 아무런 비자나 여권이나 입장권이나 자격이 필요 없습니다. 자유로 가는 길, 그 누구도 심사하지 않습니다. 오직 당신만이 스스로 자유를 선택할 수 있습니다. 그 달콤하고도 한없이 부드러운 엄마 가슴 같고 연인의 목소리 같은 자유를 말입니다.

기차를 탈까요? 그것도 좋겠지요. 햇살과 바람이 노니는 노천카페에 앉아 맥주를 마셔볼까요? 그것도 좋겠지요. 날 알아보는 이 아무도 없는 바닷가에 서서 진정 날 사랑해 줄 그 누군가와의 만남을 기대해 볼까요? 그것도 좋겠지요. 그래요. 아무도 날 모른다는, 몰라준다는 그 처절한 아픔에 마음의 문 닫지 마세요. 그러기엔 우리들의 영혼 매우 아름답고 소중하고 정말 고귀합니다.

불어오는 바람, 즉시 내 등 뒤로 아득히 사라져 가는 바람, 그렇듯 우리들의 삶도 딱 한 번뿐 아닌가요? 세속적 성공, 인생의 하이라이트가 될 수 없습니다. 어쩌면 우리가 흔히 아는 성공이란 너무 많은 나의 꿈들을 희생시킨 탐욕의 내가 나를 착취하는 독재 권력인지도 모릅니다. 그래요. 사실 우리들의 삶, 완벽한 축제 현장입니다. 잠을 자도 축제, 깨어나도 축제, 걸어다녀도 축제, 지하철을 타도 축제, 버스를 타도 축제, 여행을 떠나도 축제, 여행을 꿈꿔도 축제, 가방을 싸면서도 축제, 배가 고파도 축제, 얘길 나눠도 축제, 축제 온통 축제입니다.

하지만, 그걸 사람만 모르고 있습니다. 이미 꽃들도 바다도 새들도 다람쥐도 강변의 토끼풀들도 아는 걸 사람만 모르고 있습니다. 자, 성큼 바람 속으로 나서세요. 거기 당신의 길, 바람이 불어가고 있습니다. 그 바람 바라보세요. 아마도 거기 자유의 입구가 황홀 찬란하게 도사리고 있을 겁니다. 잘 찾아보시고 끝까지 찾아보세요. 아, 그 대신 떠나기 전 완벽하게 버리세요. 하나도 남김없이 다 버리시길. 약간의 장식성 영혼과 대부분의 탐욕스런 물질이라는 두 마리의 토끼는 절대 잡을 수 없답니다. 바람의 자유란 그렇게 싸구려가 아닌걸요.

그래요. 그토록 힘겹게 찾다 보면 어느새 그 바람, 당신에게 자신의 모습을 드러낼 겁니다. 그때 당신은 최초로 바람의 눈과 눈 맞출 거고요. 그때 비로소 우린 알게 됩니다. 태양이 우리들의 심장이라는 것을, 바다와 강물이 우리들의 리듬이라는 것을, 또한 우리들의 순결한 언어들이 사실은 바람결 같은 햇살 덩어리의 밝고 눈부신 언어들이라는 것을, 그리고 이 너른 대지가 실로 우리들의 광대한 무대이고, 우린 그 위에 가장 신바람 나게 춤추고 노래하는 세계의 중심 광대廣大란 것을 우린 비로소 깨칩니다.

그 순간 우린 누구나 처음이고 시작입니다. 비로소 우린 진정한 이동입니다. 사랑을 가득 안고 그 사랑 나눠주기에 바쁜, 어슬렁거리는 최고의 여행자들입니다. 자, 이제 지구에 가볍이 입맞추며 우주를 노래하는 무소유와 자유에서 비롯된 행복과 기쁨, 저 바람 소리에 귀 기울이고, 바람이 가르쳐준 그 노래를 함께 노래합시다.

그래서 진리가 우글거리는 참된 시간 속에서 생명을 획득합시다. 그래요. 이제 세상은 생명의 잣대 하나만 필요로 합니다. 죽어가는 지구환경의 회복을 위해서, 그리고 삶의 방향을 잃어버린 채 자그마한 술잔 속에서 표류하는 나의 삶을 구조해 내고자 나를 비롯한 이 세계의 고통을 정면으로 똑똑히 바라보십시다.

그래서 그 고통을 위로하고 해결하는 새로운 바람의 시대, 그 바람의 눈이 되세요. 인생은 승자와 패자로 나눌 수 없습니다. 또 국가의 가치와 국민의 행복을 국민 소득의 차이로 판단하는 기존의 고정관념도 결코 동의할 수 없는 너무 천박한 짓거리입니다. 그래요. 연봉의 무게는 달라도 영혼의 무게는 똑같습니다. 그래요. 그 영혼, 당신의 영혼 만나고 싶으세요? 그렇다면, 떠나세요. 길을 발견하고자 떠나는 여행, 거기서부터 삶은 변화합니다. 그리고 그 길 맨 끄트머리에서 당신은 당신을 처음 만나 울지도 모릅니다.

고맙습니다. 이 책을 선택해 주셔서, 이 만남은 우리들의 운명이고 피할 수 없는 축복입니다. 그리고 혹시 불편하시지 않다면 사랑한다고 말해도 될까요? 당신의 자유와 당신의 바람에게.

2008. 7
구자형

# 차례

# 미국의 음악도시와 그 영혼

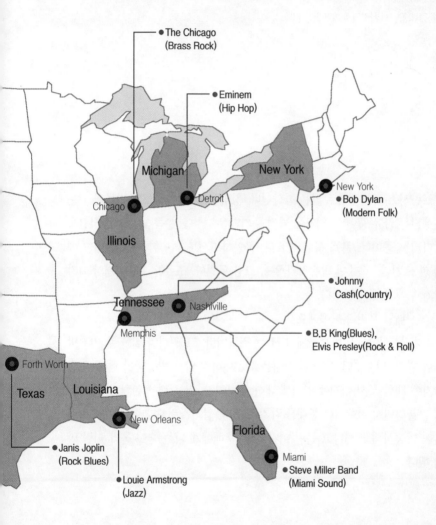

# 샌프란시스코에 가시면
If You Going To San Francisco

샌프란시스코에 가시면 반드시 머리에 꽃을 꽂으세요.
여름엔 그곳에서 사랑의 집회가 열릴 거예요.


1.

샌프란시스코행 게이트 앞은 한산했다. 창밖을 보니 활주로에 머물러 있는 비행기는 급유 중이다. 의자에 털썩 주저앉은 나는 20분쯤 남은 탑승시간을 기다리는 중이다. 문득 목이 마르다. 불안하면서도 넉넉한 자유가 내 안에서 파도 친다. 어제 난 방송작가 일을 그만 두었다. 조촐한 송별식에서 여자 작가 후배가 내게 말했다.

"선배님 우리가 노예예요?"

대답을 못했다. 방송국에서 PD는 권력이다. 그 권력이 일을 주거나 말거나 한다. 언제부턴 가는 원고 내용을 기대하지 않는 방송국이 됐다. 방송작가에 대한 무시 이전에 언어에 대한 폭력이다. 그 폭력에 한칼 맞고 나는 피를 흘리면서 여행이란 붕대를 감기로 했다. 갑작스런 여행이다. 방송작가들이 방송사의 노예냐고 묻던 여자 작가 후배에게 나는 술이 올라 이런 말을 했다.

"야, 인생에서 제일 소중한 게 여행과 사랑이야. 남는 건 그것밖에 없어. 딱 그 두 가지야. 그리고 오노 요코도 '여자는 흑인이다.' 그랬어. 남자가 권력이다 이거지. 그 대찬 여자도 말이야."

나는 두서없이 말했고 후배가 잘 정리해서 알아듣길 원했다. 2차로 우린 신촌 연대 앞 우드 스탁Wood Stock에 갔다. 털보 DJ와 반갑게 인사를 나눴다. 생맥주를 마셨고 안주는 노가리와 올리브. 메모지에 신청곡을 썼다. 늘 절망을 일으켜 세우는 리듬 중의 리듬 밥 딜런Bob Dylan의 라이커 롤링 스톤Like A Rolling Stone, 여유로운 호흡을 다시 찾아 주는 멜로디 잭슨 브라운Jackson Brown의 더 로드 아웃 앤 스테이The Road Out & Stay, 당신이 떠나는 오늘 저녁을 잊지 못할 거라는 해리 닐슨Harry Nilsson의 위드 아웃 유Without You를 쓰는 데 후배가 머라이어 캐리Mariah Carey의 위드 아웃 유Without You로 바꿔 달라고 했다. 그리고 오늘은 샌프란시스코행 비행기를 기다리는 중이다.


2.

비행기 안 오른쪽 맨 뒤 끝자리가 내 자리였다. 빨간 티의 아가씨가 내 옆에 앉아있다. 그녀는 신디 로퍼Cindy Lauper 음악 같다. 짐 부치기 전에도 잠시 본 것 같다. 두 눈이 초롱초롱했다. 어느새 비행기가 날고 있다. 창문을 올리니 구름바다. 빨간 티는 아버지가 하는 회사에 다닌다 했다. 샌프란시스코에 목조건물이 많기에 그곳으로 시찰차 가는 중이었다. 내가 잠시 아는 척을 했다.

"나무집은 숨 쉬는 집이죠? 비가 오면 습기를 머금고, 건조해지면 그 습기를 다시 내보내고, 그래서 목조건물은 하나의 악기죠."

그렇다. 나는 진실로 나무를 좋아하고 나무집을 좋아한다. 노래 '꿈의 대화'에도 있다. 우리의 나무집을 둘이서 짓는다. 빨간 티의 그녀도 무언가 내게 얘기하는 것 같다. 비행기 실내는 약간 웅웅거리는 느낌이다. 밥을 먹었다. 와인은 마시지 않았다. 커피가 맛있다. 내가 다시 말했다.

"통기타 얘길 할까요? 통기타 좋은 것들은 오래 말려야 해요. 몇십 년쯤 말려야 나무가 휘지 않죠. 그런 다음 연주자가 또 오래 길을 들여야 해요. 그래서 또 몇십 년 가면 나중엔 날씨와 상관없이 습기를 머금지도 않고, 뱉어내지도 않는답니다. 날씨를 초월하는 악기가 되는 거죠. 악기 스스로 득도를 했다고나 할까."

내가 그녀와의 대화를 중단한 것은 아주 단순한 이유에서였다. 그녀가 내가 물어보지도 않은 말을 말했다.

"여의도엔 아주 가끔 가요. 약혼남이 여의도에서 근무해요. 나중에 같이 한번 봬요."


3.

샌프란시스코 국제공항은 아주 오랜만이었다. 나는 약간 어정거리는 느낌으로 공항을 빠져나왔다. 물론 평소처럼 가방을 찾으려고 기다리지도 않았다. 메고 다니는 배낭 하나가 내 짐의 전부였다. 송무가 마중을 나와 있었다. 약간 낡은 일제 차였다.

"오랜만이다. 잘 지냈지?"

"나야, 뭐 잘 지냈지."

대화가 뚝 하고 끊긴다. 대화가 끊어지면서 하늘이 보인다. 샌프란시스코의 하늘을 보니 띄엄띄엄 구름 몇 조각이 보였다. 비로소 심호흡을 크게 한번 했다. 그리고 속으로 말했다. 안녕! 샌프란시스코! 60년대 히피 가수 스캇 매킨지Scott Mckenzie는 이프 유 고잉 투 샌프란시스코If You Going To Sanfrancisco에서 샌프란시스코에 당신이 온다면 머리에 꽃을 꽂고 오라 권했는데, 지금 샌프란시스코는 무어라 말하는가?

"형, 나 노래해야 하는데."

"그럼. 노래해야지. 음악 한 사람은 결국 음악으로 돌아와. 그거 못 버려."

"그런가 봐. 몇 년 전 샌프란시스코 어느 라이브 클럽 놀러 갔다가 거기서 밴드랑 친해졌어. 그래서 같이 어울려 연습도 하고 무대도 몇 번 섰었어. 반응도 좋았고 걔들도 같이 밴드 하재. 아무래도 내가 한국 사람이고 동양에서 왔으니까 색다른 느낌이 있나 봐."

"그런데?"

"그런데 음악이란 게 참 그래. 지금 하던 방송 일을 그만두고 해야 하는데, 모험을 못하고 만 거지. 하하, 흐흐."

"음, 맞아. 언젠가 내가 방송 쫑파티 하는데 어느 아나운서가 노랠 기가 막히게 하는 거야. 너도 알지? 그런데 이름이 갑자기 생각 안 난다. 이름이 뭐지?"

"있다 치고."

"그래 아무튼, 그래서 내가 음반 한 장 만들자고 했어. 그런데 딱 그러더군. 이번 생애엔 가수 못한대."

"왜?"

"그 아나운서 말이 가수란 아무 데서나 자야 하는데 이번 생애엔 그럴 수가 없대. 그래서 다음에 태어나면 가수 하겠대. 자기 꿈이래."

"오우, 대단한데."

"그래, 나도 센 데! 그랬어."

"그런데 흠, 아무 데서나 자야 한다. 그건 또 무슨 뜻이지?"

"모르겠어. 하지만, 아는 척하느라고 안 물어봤어."

샌프란시스코의 언덕들이 보였다. 아니 언덕 같은 산들이 구불텅구불텅 끝없이 이어져 나가는 그런 길을 송무는 운전 해 나가고 있었다.

"방송일은 어때?"

"바빠. 형이 좀 도와줘. 어떻게 사장과는 얘기 잘 될 것 같아?"

"모르지. 일단 만나봐야지."

갑자기 떠난 이번 여행이지만 목적이 하나 있었다. 후배 송무가 일하는 샌프란시스코 한인방송 한미 라디오에서 DJ 일을 알아보는 것이었다.

"음악 좀 틀어 봐."

송무가 자동차 라디오를 켰다. 블루스 음악이 흘러나왔다. 흑인 가수의 애절한 목소리에 갑자기 가슴이 뭉클해진다.

"누구지?"

"모르겠어."

다시 대화가 뚝 끊긴다. 그렇게 우린 어느새 공항을 빠져나와 고속도로를 달려 언덕길을 넘자 송무의 일터 한미 라디오가 있는 밀브레이로 들어설 수 있었다. 주차장에 주차하고 차에서 내렸다. 샌프란시스코의 햇살이 눈부시게 쏟아지고 있었다. 비로소 안도했다. 아, 이제 내 슬픔을 충분히 말릴 수 있겠구나. 몸과 마음이 구석구석 습하다고 생각했다. 햇살은 푸른 나뭇가지 끝에서 눈부신 깃발처럼 빛났다. 햇살은 주차장 바닥 위에 세찬 속도로 내려 꽂혔다. 샌프란시스코의 바람이 그 열기를 식혀 주려는 듯 당신의 돈을 다 준다 해도 단 1분의 시간조차 살 수 없고 모든 것은 바람 속의 먼지라는 캔자스Kansas의 더스트 인 더 윈드Dust In The Wind처럼 불었다.

4.

건물 안으로 들어서자 시원했다. 엘리베이터를 타고 3층 한미 라디오로 들어서자 더욱 쾌적했다. 방송국 안에는 몇 명의 여직원들이 보였고, 부산 KBS 아나운서였다는 여자 MC를 송무가 소개해주었다. 그리고 사장을 만났다. 송무는 곧 방송을 시작해야 한다면서 생방송 스튜디오 안으로 사라졌다. 사장은 미색 양복을 입고 있었다.

"사장님 오랜만입니다."

"아이고, 어서 오세요. 하하."

가죽 소파에 앉아서 약간의 얘길 나누다 점심을 먹자고 해서 그를 따라

나섰다. 사장의 차에 올라타고 1분도 안 걸려 한인식당에 도착했다. 한국 사람들이 계속 찾아들었고 이따금 외국인들 모습도 눈에 띄었다.

"그래, 어떻게?"

사장이 내 눈을 들여다본다. 난 별로 그에게 보여 줄 게 없다는 생각이 얼핏 들었다. 나도 모르게 내 눈가에 안개를 흩뿌린다. 보이지 않는 연막전술이다.

"뭘요?"

"아, 며칠이나 계실 거죠?"

"일주일쯤요."

"아, 그렇군요. 아무튼, 좀 편안하게 머무십시오. 저도 내일쯤 저녁을 사겠습니다. 환영 만찬입니다."

"아뇨. 바쁘실 텐데."

"아, 그리고 일 애긴 내일 하시죠. 뭐……."

"아, 그러죠."

그렇게 밥을 먹고 다시 한미 라디오로 돌아왔고 사장은 볼 일이 있다면서 나갔다. 30분쯤 지나자 송무의 방송이 끝났다. 다시 송무를 따라 주차장으로 걸어 나왔고 그의 차에 올랐다. 그의 집이 있는 산호세를 향해, 송무의 애마는 갈기를 세우며 잠시 하늘 향해 포효했고 길을 달려나가기 시작했다. 차창을 열자 바람이 쏟아져 들어왔다. 달콤했다. 나는 바이런의 시를 송무에게 잠시 들려주었다.

이지아의 바닷바람에 흩날리는
그 풀어헤친 머릿단으로
네 부드럽고 활짝 피어난 볼에

● 한미 라디오에서 주최한 공연 포스터

● 한미 라디오 입구

키스할 때의 짙은 눈시울로

사슴처럼 맑고 맑은 두 눈으로

"내 생명이여, 나는 너를 사랑한다."

"형, 지금 뭐 하는 거야."

"강신무를 하고 있다."

"강신무?"

"신 내림 한 거지. 그분이 지금 잠시 여기 오셨나 봐."

"큭 큭."

"1824년 서른여섯 살에 죽은 바이런의 시야. 아테네의 아가씨여."

"뭔지는 모르지만 멋있다."

우린 또다시 멋진 언덕들이 양 길가로 끝없이 이어지는 길을 따라 달리고 있었다. 바람은 더욱 세차게 불었고, 차들이 쌩쌩 달렸다.

"형, 나 노래하러 다시 서울 갈까? 그런데 지금은 미사리도 다 죽었다면서?"

"그런가 봐. 이미지가 안 좋았던 것 같아."

"무슨 이미지?"

"불륜들이 오는 동네 이미지."

"그래?"

"뭐, 그런 것도 있고, 출연하는 가수들이 미국처럼 정식 라이브 콘서트 하는 것처럼 해야 하는데, 한국은 극장에서 하는 라이브 콘서트만 콘서트고 미사리 같은 라이브 카페에서 할 때는 좀 느슨하게 하잖아. 밥벌이로."

"밥벌이라, 밥벌이. 하긴 그런 것도 있겠다."

"그게 문제라니까……."

내 목소리에 잠시 핏대가 선다.

"미국의 라이브 클럽들은 풀뿌리 역할을 제대로 하는 거야. 그리고 거기서 출발해서 스타가 되면 마치 남대천 연어들처럼 다시 돌아오지. 전 남편 아이크 터너에게 하도 두들겨 맞아 무일푼으로 어느 날 도망쳤다가 결국 재기하고야 말았으며 현재 캘리포니아에서 통나무집에 사는 티나 터너Tina Turner 같은 경우도 내가 마이애미 갔을 때 보니까 거기 토바코 로드Tobacco Road란 블루스 카페에 오는 거야. 와서 정식 공연을 해. 대충 놀다가는 식이 아닌 거야. 80년 된 블루스 카페였는데 지금은 100년 역사 다 됐겠다. 토바코 로드에선 매년 블루스 잔치를 해변에서 주최해. 거기서 또 신인들을 뽑아. 작고 아담한 라이브 클럽이야. 그런데 한국 가수들은 일수 찍는다고 스스로들 말해. 그걸 몇 군데씩 해. 하는 건 자유고 상관없어. 하지만, 진지하게 영혼을 다뤄야지."

"그럼 어떻게 해야 하는데?"

"천천히 얘기하자."

6월의 언덕들은 끝없었다. 거기엔 소 잔등 위의 부드러운 털 같은 풀들이 길게 자라나 너울거렸다. 끝없이 야트막하게 비가 쏟아지는 것 같았다. 문득 송무를 생각한다. 조국에서 청년 시절 함께 참새를 태운 잠수함 무대에서 같이 노래하던 동료 같았던 후배. 그는 나보다 키가 컸고 두 눈도 컸다. 덩치도 컸고 내가 못해 본 결혼을 했었다.

"송무야. 지난번에 왔을 때는 너 캐딜락 타지 않았었니?"

"그랬었죠. 와, 그걸 다 기억해?"

"그리고 맨 처음 왔을 때는 넌 목사님 사택에 있었잖아. 그땐 아직 결혼 전이었고."

송무는 결혼 이야기 나오면 입을 꾹 다문다. 나는 다시 차창 밖을 내다

보았다.


5.

송무의 스튜디오가 있는 산호세에 도착하자 어둠이 내리기 시작했다. 여행길에 만나는 저녁 무렵은 얼마나 근사한가. 걸을 때마다 어깨와 가슴에 툭툭 묻어나는, 그 정갈한 어둑함이 나를 아찔한 쾌감으로 인도했다. 비로소 잘 떠나왔다는 생각이 가득해지기 시작했다. 차를 주차하고 짤막한 오솔길을 지나 송무의 스튜디오로 따라 들어갔다. 방 안은 30%의 고요와 40%의 고독과 20%의 순수와 10%의 욕망이 적절히 자리 잡고 있었다. 먼저 고요가 내게 아는 척했다. 서울 손님 어서 오세요. 이어 고독은 그 커다란 어깨를 훌쩍 한번 들어 보이고는 잠자코 자신의 내면으로 침잠해 들어갔다. 순수가 날 손짓했고, 욕망은 돌아앉아 있었다.

　"형이 여기서 자면 돼."

　송무가 거실 겸 침실의 한편을 가리켰다. 미리 준비해 놓았던지 거기엔 침구가 한 채 놓여있었다. 따스해 보였다. 그 한편에 배낭을 벗어 놓았다. 배낭에서 책을 한 권 꺼냈다.

　"송무야, 이거 내가 쓴 책이야."

　"책? 무슨 책? 형 책은 정말 꾸준히 쓰는구나. 뉴욕 우리은행 앞?"

　"그래."

　"이게 뭐야? 소설이야? 음, 뉴욕에 우리은행이 있어?"

　"그래. 맨해튼 32번가 거기가 한국인 거린데, 뉴욕 우리은행 앞이 만남의 광장이야."

　"나도 뉴욕 한번 가봐야 할 텐데. 내용은?"


● 코끼리 다리를 닮은 산호세의 나무들

"몰라. 심심할 때 읽어봐."

"고마워요."

송무는 느닷없이 정색을 하고 고맙다는 진심 어린 표정으로 날 바라본다. 조금 어색했으나 그다지 나쁘진 않았다.

"그런데 형, 뭐 드실래요?"

"글쎄……. 음, 뭐가 좋을까? 일단 소주 한 잔 하자."

"그럴까? 좋아요. 형, 그럼 나가자."

우린 고기 집에 갔다. 자매가 하는 집이라고 했다. 그리 크진 않았지만 깔끔했다. 2인분의 등심을 주문했고, 그걸 구웠다. 상추와 마늘이 놓였고……. 갑자기 고향에 온 느낌이었다. 우린 기억에 남지 않을 얘기들을 했다. 난 소주를 맥주에 비볐고 산호세의 밤과 내 취기가 느긋하게 깊어갔다. 자매 중

동생이 자리에 앉았다. 송무의 방송에서 광고하는 집이라고 했다. 동생이 내가 작가라고 하자 이외수를 좋아하고 소설을 좋아한다면서 무척 반기는 눈치였다. 술도 잘 마시는 것 같았다. 하지만, 그녀는 곧 절제했고, 그녀는 무슨 목표 같은 걸 갖고 사는 것 같았고, 비밀연애 하나쯤 가슴에 묻은 것 같았다. 그리고 그 비밀연애는 그녀가 더 좋아하는 것 같았다. 내가 슬그머니 한마디를 던졌다.

"밑지는 연애를 하나 봐요."

"어머, 어머, 어떻게 아셨어요. 저 술 한잔 더 주세요. 정말 안 마시려고 했는데. 뭘 좀 보세요?"

"아니 보는 건 아니고. 보여요."

"그래서요. 그다음엔 뭐가 보여요."

"그냥 평범하게 사실 것 같아요."

"피, 재미없다."

"심심한 게 좋은 거예요. 심심한 거 피하려다가 패가망신 부지기수예요."

더 이상의 대화는 이어지지 않았다. 그녀는 반쯤 꿈이나 환상 속을 살고 있었다. 그 누구의 얘기도 귀에 잘 안 들릴 때가 있는 것이다. 그리고 우린 송무의 집으로 돌아왔다.


6.

이튿날 아침 송무가 날 깨웠다.

"형, 일어나. 늦었다. 늦었어. 형 내가 먼저 씻을게."

송무가 욕실로 들어갔고 난 눈을 떴다. 새소리가 들렸고 아침 햇살이 스튜디오 창가로 스며 들어왔다. 매우 다정한 목소리 같았다. 누구의 목소리지? 밝은 연노랑의 목소리, 누구의 목소리지? 나는 비로소 여행 속으로 한발을 내 디딘 것 같았다.

"형 준비해."

송무가 수건으로 머리카락의 물기를 털며 나왔다.

"오케이."

여행의 첫날 아침이 시작되고 있었다. 홀가분했다. 거울 속에서 내가 씩 웃고 있었다. 하지만, 어느새 곧장 일그러짐이 엿보였다. 저게 뭐지? 내 삶의 패배가 뭉쳐있는 것인가? 아니면? 소외감이나 능동적 자폐? 저 어두운 일그러짐을 끝까지 추적해 볼까? 난 양치질을 하며 내 얼굴을 다시 들여다보았다. 백범 김구는 어느 날 거울을 보다가 길을 떠났다고 했는데, 난 길을 떠나 거울을 본 셈이다. 송무는 출근 시간이 급했던지 벌써 나가 차에 시동을 걸고 있었다. 서둘러 그의 차에 올랐다.

"형, 미안, 늦잠 잤네."

"사람은 잠을 잘 자야 해. 내가 볼 때, 먹는 것보다 더 중요한 게 잠이야, 잠. 특히 밤 10시부터 자정 사이, 별이 빛나는 밤에, 이 시간에 자야 비타민이 합성된대, 암을 막고."

"형은 그 시간에 거의 안 잤잖아."

"난 잠은 안 자도 늘 꿈을 꾸었으니까, 잔 거나 마찬가지야. 난 열일곱 살에 꿈과 결혼했고, 아직 이혼 전."

"그거 말 된다. 근데 형, 배고파?"

"아니 괜찮아. 일단 가자. 여자는 늘 고프지만."

"킥킥, 하긴 나도 아침은 안 먹어. 방송국 가서 커피 한잔 마시면 돼."

산호세를 빠져나와 밀브레이 가는 고속도로로 들어섰다. 라디오에서 이글스Eagles의 테이킷 이지Take It Easy가 흘러나왔다. 꿈같았다. 꿈은 맛있는 빵, 꿈은 가벼운 운동화, 꿈은 몸에 쫙 달라붙는 스웨터, 그 안의 유방.

이글스의 노래가 샌프란시스코 가는 길의 하늘을 울리고 있었다. 자진모리의 가벼운 종소리들 같았다. 하늘은 약간 간지럽고 내 귀는 6월의 바람 속 풀밭처럼 하늘거린다. 송무에게 말을 걸었다.

"송무야, 너 사랑 얘기해 봐."

"하하, 흐흐. 형은 갑자기 무슨 똥딴지같이 벌건 아침부터. 하하, 흐흐."

"차 타고 가면서 가장 하기 좋은 얘기가 사랑 이야기야."

"그래? 난 처음 들었는데?"

"얘기해 봐."

"그런 거 모릅니다. 하하, 흐흐."

또다시 언덕을 넘자 밀브레이가 한 눈에 들어왔다. 분홍색 집, 노란색 집, 회청색 집, 풀밭, 아침 햇살이 내 눈에 살강거렸다. 햇살은 날아가는 새처럼 날 모른 척하거나 친근한 이웃처럼 내게 웃음을 보이기도 했다. 차를 멈춰 저 햇살을 한 접시씩 먹고 가자 말하고 싶었지만 그냥 지나치기로 했다. 그렇다. 그냥 지나치는 시간이 너무 많았다. 나중에 하지, 언젠가 한 몫에 다 하지. 날을 잡아서. 하지만, 날은 잘 잡히지 않았다. 라디오에서 기분 좋게 뒤엉킨 소울 영 래스컬스Young Rascals의 인 더 밋나잇 아워In The Midnight Hour가 흘러나왔다. 탄탄한 리듬이 내 혈관에 꽉 차올랐다.

"형 어떡할래요? 방송국에 갔다가 갈래요? 아니면 곧장 샌프란시스코로 갈래요?"

"곧장 샌프란시스코로 갈게. 여기서 뭘 타고 가야지?"

"형, 정말 내가 안 바쁘면 이 차로 모셔다 드릴 텐데, 아시잖아요. 난 기

● 스탠포드 대학 가는길　　　　● 스탠포드 대학 캠퍼스

자도 하고 DJ도 해야 하고, 형이 빨리 날 도와줘. 아무튼, 일단 제가 밀브레이 지하철역까지 모셔다 드릴게요. 거기서 지하철 타면 금세 가요. 샌프란시스코."

"좋아. 데려다 줘."

7.

밀브레이역은 샌프란시스코 지하철 바트BART의 종점이었다. 자리가 넉넉했다. 지하철은 샌프란시스코 국제공항, SFO 역에서 잠시 머무르기도 했다. 눈 닿는 곳곳엔 햇살이 환했다. 스페인풍의 집들이 가득 찬 풍경이 보였다. 나무들은 그리 많아 보이지 않았다. 나는 파웰 스트리트Powell St에서 내렸다.

햇살은 아주 좋았다. 코끝으로 들어오는 샌프란시스코 파웰 스트리트 오전의 향긋한 공기가 내 가슴 속으로 들어오고 있었다. 거기엔 샌프란시스코 베이 특유의 블루스와 여전히 남아있는 히피즘과 그 대표적 그룹이었던 제퍼슨 에어플레인Jefferson Airplane의 여성 리드 보컬 그레이스 슬릭Grace Slick의 절창 섬바디 투 러브Somebody To Love가 공존하고 있었다. 문득 그레이스 슬릭이 그리웠다. 만나고 싶은 그리움은 아니었다. 그냥 그리움이었다. 그녀의 목소리를 통해서 난 이미 충분히 그녀의 마음을 이해할 수 있었다. 그녀의 목소리에서 나는 그녀의 이런 이야길 감지하고 있었다. 이미 오래전, 아주 오래전에 말이다.

"자형 씨, 커피 한잔하세요. 이번 우리의 신곡 와잇 래빗White Rabbit입니다. 내가 좋아하는 게 뭔지 아세요? 그래요. 알고 있을 것 같아요. 내가 좋아하는 게 뭔지 자형 씨는 알고 있을 것 같아요. 사실 샌프란시스코는 말이 필요 없는 도시인지도 몰라요. 샌프란시스코는 코끼리처럼 귀가 아주 커요. 그래서 아무리 작은 움직임도 다 듣고 있답니다. 그리고 그 움직임이 슬픔인지 기쁨인지 그걸 샌프란시스코는 다 듣고 있답니다. 우리 음악은 그 소리가 들려오는 곳을 향해 날아간답니다. 그래서 그 소리의 가장 깊은 고통 속에서 가장 순수한 그 무엇을 길어 올리는 깊은 우물 같은 것, 그게 바로 우리 제퍼슨 에어플레인입니다."

그녀의 노래는 가슴으로 곧장 침입했다. 귀를 거칠 새가 없는 그녀의 노래, 그레이스 슬릭의 아름다운 덤벙댐이여. 1968년을 포옹한 여자. 거기

서 태어난 우드스탁. 그리고 제퍼슨 에어플레인은 1996년 30여 년 만에 마침내 록 앤 롤 명예의 전당 공연자 부문에 헌액되었다. 축하해요, 그레이스 슬릭 그리고 제퍼슨 에어플레인!

자줏빛 전차를 타려고 한동안 기다렸다. 흑인, 동양인, 백인 온 세계 사람들이 다 모여 있었다. 한국 사람들도 자주 눈에 띄었다. 하지만, 왠지 약간 어색한 감으로 서로 눈을 흘낏흘낏 스치고 만다. 전차를 기다리는 사람들이 너무 많았다. 발길을 옮기기로 한다. 잠시 샌프란시스코의 외로운 낮별이 되기로 한다. 전차 타는 곳을 뒤로하고 걷기 시작했다. 마음에 행복함이 번져가고 있었다. 그동안 이런 여유로운 행복은 냉동식품처럼 내 안의 어딘가에 꽁꽁 얼어붙어 있었다. 그러다가 문득 샌프란시스코의 햇살 아래 조금씩 녹아내리더니 행복은 졸졸졸 시냇물처럼 내 가슴 속으로 흘러들기 시작한 것이다. 행복한 물살에 내 마음이 싱그러워진다. 이것은 즐거운 컨트리뮤직이다. 특히 행크 윌리암스Hank Williams 적이다. 서른 살 되던 1953년 1월 1일 세상을 떠난 사람, 작곡 작사에 능했고, 노래는 더욱 탁월했던 남자, 한국의 이장희에게도 영향을 끼쳤고, 그 밖에도 숱하게 많은 영향을 끼쳤던 음악가, 행크 윌리암스의 아이 쏘우 더 라잇I Saw The Light을 잠시 흥얼거린다. 스타벅스를 지나면서 흥얼거렸고, 길을 건너 올드 네이비 옷가게 앞을 지나면서도 흥얼거렸다. 거대한 몸짓의 흑인 하나가 금이빨을 잔뜩 드러낸 채 활짝, 활짝 웃으며 걸어오고 있었다. 금이빨도 유행 중의 하나라고 하더니 실제 상황이다. 더구나 이빨과 이빨 사이에 금이 설치된 게 아니라 아예 이빨 전체를 금으로 뒤덮어버린 그야말로 금쪽같은 풍경이다. 행크 윌리암스는 편안히 노래한다. 그냥 마음속 사랑의 과일이 익어 저절로 뚝뚝 떨어져 향긋하듯 그런 시골 과수원의 농부처럼 그는 노래 부른다.

올드 네이비를 지나 우회전하자 깔끔한 길 하나가 펼쳐졌다. 책방도 있고, 화랑도 있다. 빵집도 있고 커피도 판다. 유독 강한 6월의 햇살이 그곳에 가득히 쏟아져 내리고 있었다. 나는 내 가슴을 따뜻하게, 내 겉옷을 따뜻하게 하고 싶었다.

밝고 환한 천국의 한 조각 같은 길을 지난 나는 길 건너 공원으로 들어섰다. 예르바 부에나 가든Yerba Buena Garden. 폭신한 잔디 언덕으로 둘러싸인 공원은 원형경기장처럼 공원 중앙을 내려다보게 돼 있었다. 샌드위치와 콜라 등으로 점심 중인 사람들이 많았다. 네다섯명의 엄마와 예닐곱명의 아이가 함께 있는 자리가 가장 활기찼다. 또 한편에선 목검을 들고 친구에게 검도를 가르치는 젊은 남자 둘과 여자 하나도 있었다. 머리를 박박 민 남자가 머리카락이 신비롭게 휘날리는 장발의 남자에게 공격과 방어를 가르치고 있었다. 나는 한동안 공원 안 풍경을 바라보다가 공원 뒤편에 있는 마켓에 들러 커피와 도넛을 사서 다시 돌아왔다. 나는 아무 생각도 하지 않기로 했다. 다만, 부드러운 햇살과 부드러운 바람을 즐기고 싶었다. 잔디밭 위에 덜렁 누워버린다. 눈을 감는다. 아이들 웃음소리, 엄마들의 높은 웃음소리가 들려왔다.

샌프란시스코 전차의 출발지 파웰 스트리트에서 예르바 부에나 공원 가는 길. 어깨 위로 새들이 날아와 앉는다. 길가 올드 네이비 숍에서 레게 리듬이 들려 온다. 공원 가는 길, 언덕 위에서 언덕 아래로 내려 간다. 윤기 나는 커피숍과 환상의 서점과 부푼 빵집이 서있는 그 길, 예르바 부에나 공원 가는 길. 왼쪽 건물은 블랙, 오른쪽 건물은 화이트. 햇빛이 너무 강해서, 뜨거워서 커브를 그리고 있다. 순간, 내 슬픈 집도 내 슬픈 노래도 내 그늘도 내 익숙한 어둠도 모두 잃어버리고 말았다. 그 길, 예르나 부에나 가든 가는 그 길, 내 슬픔을 먹었다. 그 길가의 햇빛은 슬픔을 먹고 빛난다.

● 언덕의 도시
  샌프란시스코의 명물 전차

8.

샌프란시스코 현대 미술관San Francisco Museum of Modern Art를 찾은 것은 우연이었다. 가긴 가야지 했지만 예르바 부에나 공원 바로 곁에 있을 줄은 몰랐다. 나는 티켓을 끊고 미술관으로 들어갔다. 2층에 올라가자마자 비디오 작품 하나가 떡 하니 회화관 앞에 놓여있었다. 비디오에선 아무 소리도 나지 않았다. 단순한 화면 안에는 잘 생긴 남자가 있었다. 그는 미동도 하지 않았고 그의 손가락 사이에서 불붙은 담배의 생 연기가 타들어가고 있었다. 그의 주변엔 여자 몇 명이 역시 미동도 하지 않았으나 아주 가끔 눈동자를 깜박이고 있었다. 오직 그것뿐이었다. 그러다 끝까지 다 타들어간 담뱃재가 툭 하고 굴러 떨어지면서 작품은 끝나고 다시 반복되었다.

회화관으로 들어서자 피카소의 그림 한 점이 눈에 들어왔다. 초기 작품 같았다. 어두운 분위기의 화면 속에는 누추한 노인 한 명 그리고 어린 소녀와 초췌해 보이는 부인 한 사람이 서 있었다. 모두 길거리에 서 있었다. 어린 소녀의 붉은빛 코트만이 빛이 되어 주고 있었다. 노인은 정겹고, 부인은

● 예르바 부에나 공원 가는 길. 오른쪽·공원 풍경

기품이 있었다. 소녀는 애처롭지만 앳된 생명력으로 함초롬했다. 남포 등불 같은 어슴푸레함이 왠지 자꾸만 날 이끌었다. 그림은 눈이 펑펑 쌓인 날의 풍경이었다. 눈은 따뜻한 눈빛 하나 없이 기진맥진 살아오던 초라한 사람들 어깨 위로 마치 뒤늦게 찾아온 정다운 이의 눈빛처럼 따스했다.

눈 오는 날의 그 풍경 속으로 나는 서서히 걸어 들어가고 있었다. 그림은 구상이었지만 나는 초현실주의 관람객이었다. 일단 부인에게 말을 건넸다. 안녕하세요? 부인은 가만히 고개를 끄덕인다. 나는 소녀에게 웃으며 달러를 건네주었다. 그냥 그러고 싶었다. 그들은 너무 가난해 보였다. 남의 일 같지가 않았다. 그리고 노인의 어깨를 감싸 안았다. 노인이 움찔 놀랐다. 그리고 나는 서서히 눈 오는 거리로 좀 더 걸어 들어갔다. 길은 미끄럽고 날은 추웠다. 바람은 매웠고 덕분에 전깃줄이 윙윙거리는 소리를 겨울 찬가처럼 들으며 난 점점 더 그림 속의 거리로 빠져들고 있었다. 어디선가 불빛이 흘러나오는 저녁 무렵이었다. 눈에 파묻힌 거리와 회색 하늘에는 저녁노을 대신 흰 눈송이들만 하염없었다. 나는 눈 몇 송이를 입으로 받아먹었다. 뜻밖에 눈은 짭짤한 소금 기운이 감돌았다. 바다에서 온 눈인가? 눈은 내가 의아해하자 그렇다고 시늉했다. 그 시늉 속에서 커다랗게 마을 전체가 크게 재채기를 했다. 나는 마을의 감기를 염려하며 불빛이 비쳐 나오는 카페 안으로 걸어 들어갔다.

그러자 나는 카페 뮤제오CAFFE MUSEO 안으로 순간 이동을 했다. 이크, 이런 신기한 일이 일어나다니. 난 감탄했다. 하지만, 재빨리 내 어깨 위의 눈송이 몇 개를 털어내고 아무 일 없었다는 듯 자리 하나를 골라 앉았다. 사람들이 많았다. 그들은 저마다 먹기에 열중하거나 메뉴를 열심히 연구하고 있었다. 무언가 진지하고도 골똘한 표정으로 혼자 앉아있거나 동행과의 이야기에 열중하는 이들도 있었다. 그들은 가벼운 팝 재즈 분위기의 풍경을 연기하는 연기자들 같았다. 그들은 저마다 자신을 오해하는 사람들 같았고, 저마다 상대방을 가장 잘 이해하는 듯했고, 저마다 방식으로 은근히 샌프란시스코를 즐기는 것 같았다. 샌프란시스코 현대 미술관 내의 1층 카페 뮤제오에서 나는 커피와 음식 하나를 시켰다.

9.

바트의 종착역 밀브레이 역은 한산했다. 난 어느 정도 걷다가 카페와 사무실들이 있는 큰길에서 주택가 골목길로 접어들었다. 흰빛 목조 주택들이 차분히 앞치마를 두른 채 저마다 꿈을 요리하고 있었다. 10분쯤 걸었을까? 기

● 샌프란시스코 현대 미술관 유리창

● 미술관 안의 카페 뮤제오

찻길이 보이기 시작했다. 바트가 다니는 길. 디카를 꺼내 기찻길을 촬영한다. 기찻길은 늘씬한 S라인을 형성하고 있었다. 그것은 멋진 고독의 용트림. 나는 그 한없을 것 같은 긴 여로를 디카에 담기 시작했다. 밀브레이의 억새들이 길게 자라 출렁거린다. 가슴이 간지럽다. 하지만, 촬영은 곧 중단됐다. 경찰이 나타났다. 밀브레이의 경찰은 내게 손을 올리라고 명령한다. 이런 제기랄. 나는 일단 두 손을 하늘 높이 올리는 수밖에. 씁쓸했다. 쓴맛이 입 안 가득 돌고 있었다. 갑자기 미국이 싫었다. 아니 기찻길 사진 몇 장 찍는데도 경찰이 뜨냐? 이런 CCIBAL! JOZ GGA TUN NOM DUL! 하지만 물론 속으로만. 여권을 보여줬고 배낭을 경찰에게 열어 보였다. 경찰은 이리저리 뒤적이더니, 그리고 내가 계속 작가라고 강조하자 내 눈을 가만히 보더니, 여긴 사진촬영이 금지된 곳이라고 말한 다음 경찰차를 타고 가 버렸다. 누군가 나를 테러리스트인 줄 알고 재빨리 경찰에 신고한 것 같았다. 기찻길에서 벗어나 한미 라디오로 들어서자 사장이 날 반긴다.

"어딜 다녀오십니까?"

"샌프란시스코에 바트 타고 갔다 왔어요."

"좋죠. 바트, 그거 편해요. 버스도 있긴 한데 여기저기 돌아가니까 시간이 좀 걸리죠."

사장은 밖에 나가 커피를 하자면서 날 이끌었다. 100여 미터 정도를 걸어 스타벅스로 들어섰다. 종업원들보다 커피가 더 날 반기는 것 같았다. 커피는 갈색 강아지처럼 내게 자신의 향긋한 털을 비볐다. 나도 강아지의 갈색 털 냄새를 코끝을 벌룸 거려 맡고 있었다. 내가 커피를 사려 했으나 사장이 샀다. 사장은 우유를 타 마셨다. 난 아메리칸 스타일이다. 커피는 뜨겁다 못해 매울 지경이었다. 잠시 커피가 식기를 기다린다. 사장의 목소리가 들려왔다.

● 밀브레이로 가는 철로

"어떻게 생각해 보셨어요?"

"아, 뭐요?"

"한미 라디오에서 일하는 거."

"아, 네, 생각해 봤어요. 나야 뭐 일하고 싶죠."

"송무 씨한테도 얘기 들었어요. 사실 송무 씨가 너무 바쁘죠. 자기 시간이 너무 없어요. 그래서 보도국장 일만 하고 DJ는 구형이 하면 좋은데……."

"아, 예."

"그런데 돈을 많이 못 드려요. 여기가 그래요. 광고가 한계가 있으니까."

마시기에 아직은 약간 뜨겁다. 후후 불어 커피를 식혀 마신다.

"지금 송무 씨가 하는 음악 프로가 몇 년 전엔 사랑과 평화의 이남이 씨가 했었어요. 한 일 년쯤 일했을 거예요. 운전하기 싫다고 해서 걸어다닐 만한 곳에 집을 얻었었죠. 지명도가 있으니까 인기도 좋았고요."

나는 사장의 말을 이렇게 번역하고 있었다.

"이남이 씨는 '울고 싶어라.'라는 히트곡이 있는 가수고, 서민적 이미지도 확실하고, 또 기인 같은 이미지로 사람들에게 호기심도 불러일으키고, 그런 이남이 씨가 하던 방송인데, 구자형, 넌 지명도도 없고, 인기 히트곡도 없고, 넌 좀 약하지 않니?"

커피를 한 모금 또 마셨다. 커피 잔 위로 조국의 MBC 라디오 7층의 커피 자판기와 KBS 라디오 5층의 커피 자판기가 동시에 떠올랐다. 고급커피 300원, 보통커피 200원, 그 두 가지의 커피 중에서 원고료를 탄 이후의 며칠 간은 300원짜리 고급커피를 마셨다. 그리고 그 며칠이 지나 돈이 말랐을 때는 다시 200원짜리 보통커피를 마셨다. 그리고 난 늘 3번 커피였다. 1번은 밀크 커피, 2번은 설탕 커피, 3번은 크림커피였다. 4번이 블랙커피였을 것이다. 3번은 음악으로 치면 66년 그래미 재즈 연주부문 수상자이자 전설의 기타리스트 웨스 몽고메리Wes Mongtgomery의 기타처럼 육중한 무게감이 있다. 어딘가 커피 잔 밑바닥에서 유 아 쏘 뷰티풀You Are So Beautiful을 노래했던 조 카커Joe Cocker의 야성이 꿈틀거리며 폭발의 기회를 노리는 듯했다. 가요로 치면 장현의 미련이란 노래의 부드럽게 가라앉은, 하지만 어딘가 미풍 어린 그런 바람 같은 커피가 3번 커피였다. 그렇듯 난 달콤함과는 거리가 멀었다. 그래서 이따금 내게 자판기 종이 커피를 뽑아주던 사람들은 내가 3번 커피를 요구하면 '쓰지 않아요?' 라고 물었고 그때마다 난 '원래, 온몸이 설탕이에요.' 라고 답했다. 그런 자판기 앞에서의 기억이 있다. 한 번은 내 앞에서 커피를 뽑던 정은아 아나운서가, 아직 프리 선언하기 전이었는데, 커피를 뽑아들며 날씬한 몸매로 돌아서서 '미안합니다. 기다리시게 해서.' 하고 쌩끗 미소까지 한 방 날려주는 거 아닌가. 정은아 아나운서는 그 정도로 이 시대의 걸어다니는 숭례문崇禮門이다. 사장의 말이 다시 들려왔다.

"오디션 CD를 하나 만들어 보시죠."

이젠 시험을 보겠다? 난 얼른 답한다.

"아뇨. 그럴 필요까진 없을 것 같고, 내일 송무 시간에 출연하기로 했으니까 그때 한번 들어보시죠."

● 스타벅스 노천 파라솔

이건 반항인가? 잘난 척인가? 마지막 자존심 같은 게 발동하고 있었다. 사장은 고개를 끄덕였다.

"그러세요."

사장은 약간 실망하는 눈치였다. 나는 그의 침묵을 이렇게 번역했다.

"넌 아직 멀었다. 네가 지금 하라는 대로 해도 디제이 써줄까 말까인데 감히……. 네가 대 한미 라디오를 뭐로 보고……. 넌 더 굶어야 해. 네가 뻔하지. 서울에서 한동안 방송작가 잘 나가다가 이젠 나이 들어 오갈 데 없으니까, 한인방송 한동안 걸쳐 가려는 것 같은데, 그건 좀 아니지……." 물론 사장의 마음이 결코 이렇게까지 갔으리라고는 믿고 싶지 않지만, 자격지심 때문인지 나는 그렇게 해석하고 있었다.

"갈까요?"

일어서자는 사장의 말을 귓가로 흘려들으며 난 고개를 끄덕였고 마지막 커피 한 모금을 마셨다. 스타벅스를 나온 나는 호기롭게 걸었다. 햇빛이 빛나고 있었기 때문이었다. 심수봉은 비를 좋아하고, 헤르만 헤세는 구름을 좋아하고, 나는 햇빛을 좋아한다. 아, 또 한 사람 있다. 햇빛을 좋아하는 사람이, 바로 젊음의 음악캠프 DJ 배철수다. 그는 8월의 뙤약볕 아래 서 있길 좋아한다고 했다. 그런데 한 술 더 떠 탤런트 김자옥은 그런 여름 태양 아래에 서면, 한복 모시 치마저고리 깔끔하니 차려입고 덩실덩실 춤을 추고 싶다 했단다.

"아, 햇빛 좋아."

내가 감탄하자 사장이 말했다.

"여기가 지중해 날씨랍니다. 하지만, 햇빛이 좋다 보니까 일 년 내내 꽃가루가 많이 날려요. 그게 단점이에요. 천식환자가 많은 거죠."

이건 또 무슨 자다가 봉창 찢는 소리, 난 지금 비싼 돈 들여 비행기 타고 날아와 샌프란시스코의 햇살 속을 마음껏 헤엄치고 그 햇살에 샤워 중인데 천식으로 연결되다니, 하지만 난 얼른 사장의 말을 잊기로 한다. 햇살은 내 온몸의 세포 하나하나마다 모든 입구로 스며들고 있었다. 태양의 혀끝이 날 간질이고 있었다.

"여긴 은행이 많아요."

사장이 거리를 가리켰다. 내가 답했다.

"여긴 행운이 많은걸요."

밀브레이의 가로수 위로 태평양의 바람이 불어갔다. 나뭇잎들은 마치 초록색 하프처럼 쏴아링쏴아링 소리를 내고 있었다.

● 밀브레이 거리의 기타와 작곡 교습 광고 포스터

10.

밀브레이를 떠나 산호세로 들어서자 어둠이 짙어지기 시작했다. 송무는 집에 가서 삼겹살을 구워 소주를 마시자고 했다. 그리고 내가 첫 번째 미국여행에서 송무의 소개로 알게 된, 송무의 후배 성환이를 부르기로 했다. 성환이는 산호세에서 디자인 회사에 다니고 있었다. 한국마켓에 가자 한국 사람들이 많았다. 삼겹살과 상추, 고추, 깻잎, 마늘을 사왔다. 상을 펴고 밥을 하고 삼겹살을 굽고 소주를 따랐다.

"형, 샌프란시스코 여행을 축하합니다."

"축하해요."

"고맙다."

우리 셋은 산호세의 밤을 자축하고 있었다. 성환이가 회사 얘길 주로 했고, 송무가 툭툭 쥐어박는 분위기로 그의 말에 제동을 걸었다. 나는 맛있게 소주를 마셨다. 그러던 중 내 핸드폰이 울렸다. 매니저 하인철이었다. 밖으로 나와 전화를 받았다. 밤 공기가 시원했다.

"인철아, 웬일?"

"이번에 TV 쇼 프로 하나 새로 생겨. 거기 너 소개하려고. 그런데 그 피디랑 아삼육이 있어. 알지 박 선배."

"알지. 그런데?"

"나도 얘기하겠지만 박 선배하고 그 피디가 워낙 가까우니까 박 선배가 돕겠대. 그 대신……, 음……, 이거 좀 말하기 그렇지만, 아무튼 네가 거기 작가 되고 나서 원고료 나오면, 박 선배한테 용돈 좀 줘, 가끔."

"가끔이 아니겠지. 그 프로 하는 동안 매달 줘야겠지. 그렇지? 그리고 너 한 테도 술 사고 밥 사고. 그렇지?"

"아니, 나한텐 안 해도 돼. 소주나 한잔 사면 돼. 하하……."

"야, 씨발, 됐어. 난 한 번도 그렇게 일 안 해 봤어. 그랬으면 내가 지금 대한민국 최고 작가 됐다. 그리고 너, 나한테 앞으로 그런 소리 하려면 전화하지 마. 야, 쪽 팔린다. 쪽 팔려. 그리고 나 지금 산호세야."

"뭐라고? 어디라고? 상계동?"

"산호세."

"상도동? 그럼 가깝네. 우리 점심이나 먹자. 나 지금 여의도야."

"됐어. 인간아. 여기 지금 미국하고도 샌프란시스코 옆탱이의 산호세야. 산호세."

"하하, 그래, 야, 너 잘나가는구나. 그럼 다음에 보자."

기분이 씁쓸했다. 이럴 땐 소주가 좋다. 인생이 소주보다 쓸 때 소주의 맛은 산호세의 밤 공기처럼 시원하고 철없던 시절의 입맞춤처럼 달콤하다.

"야, 완 샷!"


11.

이튿날은 바트 타고 파웰 스트리트 바로 전 정거장, 시빅 센터Civic Center에서 하차했다. 시청 바로 맞은 편에 있는 아시아 미술관을 찾았다. 인도의 조각가가 만든 돌사자를 보았다. 돌사자가 어찌나 크게 웃는지 미술관 밖으로 그 웃음소리가 번져나가 온 샌프란시스코에 즐거운 울림으로 가득히 번져나가고 있었다. 길게 뻗다가 도르르 말아 올린 꼬리가 특히 일품이었다. 돌사자 앞에서 30분 이상을 서성거렸다. 굉장한 충격이었다. 돌사자는 살아 있는 것 같았다. 아니, 조각가의 영혼이 돌 안에서 생기를 불어 넣어주는 것 같았다……. 아주 좋아 가슴이 벅실벅실했다. 돌사자를 슬그머니 만져 보았다. 돌사자의 기운이 강하게 전해져왔다. 뿌듯하고 뻑뻑했다. 돌사자는 금세라도 시빅 센터 광장을 향해 뛰어나가고 싶어 하는 것 같았다. 나도 그 돌사자를 타고 마음껏 샌프란시스코 시내를 돌아다니고 싶었다.

2층으로 올라가자 중국 서예관이 있었다. 서예는 역시 왕희지였다. 특히 초서, 행서의 속도감은 숨이 막혔다. 초서 행서가 적절히 섞여있는 작품들도 아름다웠다. 아쉬운 건 그 한자들을 쫙쫙 읽어 내릴 수 없는 나의 무식함이었다. 왕희지 글씨는 잉어가 하늘을 날아올랐고, 새들이 비처럼 쏟아졌다. 알이 꼭꼭 들어찬 물고기들처럼 어찌나 글씨의 기운과 형태가 실한지 행복했다. 5월의 산들바람과 늦가을의 눈부신 은행잎들이 공존하고 있었다. 모든 위대한 진짜들은 자신을 뛰어넘어 다른 것들을 만나고 포용하고 함께한다. 왕희지의 글씨에서는 밥 딜런의 파격과 전진, 모딜리아니의 고독, 조선백자의 단순 절제미가 함께하고 있었다. 아시아 미술관 안은 진품 명작이 그득그득했다.

도자기가 가득한 전시장으로 발길을 옮겼다. 개구리참외처럼 생긴 도자기가 가장 눈에 띄었다. 은근함은 안개 같고, 텅 빈 내부의 공간도 신비한 비밀들로 꼭꼭 들어차 있는 호두 같았다. 대나무 공예는 일본이 단연 압권이었다. 도저히 사람이 저렇게까지 정성을 들일 수는 없을 거야 하는 그 경지에까지, 아니 그 경지마저도 너머서 있었다. 이게 도대체 사람이 한 거야, 귀신이 한 거야 싶을 정도로 매끈하면서도 대나무 작품의 선마다 자존심과 자부심이 결연한 가운데, 그 안에는 사랑하는 임이 오롯이 새겨져 있었다. 나는 즉흥시를 썼다.

대나무 접어
화병 하나 만드네.

● 샌프란시스코 아시아 미술관

● 샌프란시스코 시청

임 그리며
화병 하나 만드네.

마음은 오로지
임에게 있네.

어찌나 촘촘히, 빼곡빼곡 알뜰살뜰, 요리조리 깊숙깊숙 잘도 엮었는지, 그
작품의 완벽한 치밀함에 경탄한 나머지 그 대나무 공예품이 완벽한 기다림
과 사랑의 언어라고 생각됐다. 이밖에도 한국관을 비롯해 아시아 여러 나라
의 미술품들을 부지런히 둘러보고 돌사자 앞을 지나 미술관을 빠져나가며
나는 이렇게 노래하고 있었다.

죽어서도  내 입술은 썩지 않으리.

죽어서도
내 혀 썩지 않으리.

죽어서도
내 눈은 불타지 않으리.

그대에게
재미난 얘기 들려줘야지.

그대에게

어여쁜 칭찬 들려줘야지.

그대
내가 바라봐야지.


12.

한미 라디오로 올라가자 송무는 방송 중이었다. 나는 잠시 인터넷을 했고, 그러다 송무의 방송에 출연했다.

"오늘 서울에서 오신 방송작가이자 또 싱어 송 라이터로서 저와는 70년대 중반 참새를 태운 잠수함에서 처음 만나 30년 인연을 이어가는 분, 네, 구자형 씨 어서 오세요!".

"안녕하세요? 반갑습니다."

"어젯밤에도 저희 집에서 주무셨는데 반갑긴 뭐가 반가워요. 좋습니다. 오늘은 어딜 다녀오셨나요?"

"하하, 저는 청취자께 한 인사였습니다만, 저는 외국여행 가면 무조건 음악여행, 미술관 여행입니다."

"그래요? 테마 여행 좋죠."

"라이브 콘서트 보고, 라이브 클럽 가고 거리의 악사들 바라보고 호텔방에서는 라디오 여기저기 들어보고 이 도시의 음악은 어떻게 가고 있나! 그걸 즐깁니다. 그리고 낮에는 주로 미술관에 갑니다. 그림 보면 평화로워지거든요."

"네, 평화 좋습니다."

"제가 어렸을 때 정릉 살았는데, 저희 집 옆 건물이 1층은 평화 이발관,

2층은 요절한 천재 가수 배호 씨 연습실이었습니다. 지금도 기억납니다. 배호 씨가 빨간 셔츠에 하얀 양복에 선글라스 쓰고 그 건물 앞에서 얘기하던 모습이. 아무튼, 이 평화란 게 말이죠. 살면서 문제가 발생하면 그게 곧 평화가 깨진 상태로 본다는 겁니다. 그리고 문제가 해결되면 다시 마음의 평화가 회복되는 거고요."

"물어보지 않은 얘길 왜 하시죠?"

"묻기 전에 얘기하고 싶었습니다. 아무튼, 오늘 제가 다녀온 곳은 샌프란시스코 시빅 센터 건너편 아시아 미술관이었습니다."

"호오, 그래요? 전 아직 못 가봤는데……. 허, 이거 참……."

"아무 때나 갈 수 있는 이곳 사는 분들은 나중에 가도 되겠지, 해서 미루는 거고 저는 뭐 여기가 자주 올 수 없는 곳이니까 오늘 갔습니다."

"그래서 뭘 보고 느끼셨나요?"

"말해도 되나요?"

"시간 많지 않습니다."

"좋습니다. 아시아 각국의 다양한 미술품들을 봤는데요. 일단 미얀마는 다소곳하다. 베트남은 간드러지다. 이건 전체적인 느낌입니다. 그리고 인도는 흐드러지다, 그리고 부처님 나라라 그런지 미소가 있어요. 그리고 한국은 두드러지다."

"일본은요?"

"도드라지다."

"아, 왠지 알 것 같기도 하네요. 한국은 두드러지다. 일본은 도드라지다. 흠……."

"그리고 중국은 뻐드러지다."

"아하, 중국은 뻐드러지다?"

"그렇습니다. 그리고 타이는 솟아오르다."

"그리고요?"

"파키스탄은 장중하다, 믿음직스럽다. 네, 여기까지만 하겠습니다. 더 이상은 기억을 못 합니다. 제 머리의 한겝니다."

"아뇨. 그 정도면 됐습니다. 훌륭하십니다. 빈말이지만."

"감사합니다. 제가 채워 듣겠습니다."

"아뇨, 진담이었고요. 하하~ 아시아 미술관을 제가 쫙 다녀온 기분입니다. 아주 좋은, 간결하지만 뭔가 뼈가 있는 이야기라 생각됐습니다. 자, 그럼 오늘 구자형 씨가 직접 작사 작곡하고 직접 부른 노래하나 듣겠습니다. 뭘 들을까요?"

"난 널이 좋을 것 같습니다."

"그래요. 난 널 음음음, 이 노래 듣고 다시 또 얘기 나누겠습니다."


난 널 생각해 난 널 생각해
난 널 음음음 난 널 음음음


아침부터 밤까지 하루 종일 생각해
이렇게 비가 내리는 날이면 더 그래


나는 노래가 나가는 동안 잠시 난 널을 꽃처럼 바쳤던 여자, 그 시절 스무 살이었던 그 여자를 생각했다. 노래가 끝나고 온 에어 불이 들어왔다. 송무가 말했다.

"네, 이 노래 좀 사연이 있는 걸로 아는데, 어떠세요? 지금 난 널을 들었는데, 어떤 생각 하셨어요?"

"네, 오늘 아시아 미술관에서 작품들을 보니까 그 모든 작품들이 그렇게 아름답게 살아남을 수 있었던 것은 결국 그 작품들이 신 앞에 향기로운 꽃처럼 바쳐졌고, 또 사랑하는 사람에게 향기로운 꽃처럼 바쳐졌기 때문이 아닌가 생각됩니다. 말하자면 내가 당신 사랑해, 난 열정 덩어리야, 이것도 중요하겠지만 정말 작품이 되고 얘기가 되고 영원성을 얻는 사랑은 난 당신 사랑해, 그리고 당신의 존재가 있기에 난 너무 감사해. 이런 식으로 열정은 기본이고 거기에 감사함의 사랑으로 다가설 때 그게 진정한 사랑의 길, 사람됨의 길이 아닌가 그런 생각을 했습니다."

　"아무튼, 누가 작가 아니랄까 봐. 네, 농담입니다. 좋은 말씀이었습니다. 자, 그럼 여기서 광고 듣고 또 이어집니다."

　이번엔 광고가 흘러나왔다.

● 시청 광장의 동상

● 샌프란시스코 시청

# 산호세로 가는 길을 아세요?

Do You Know The Way To San Jose?

모든 사람들이 스타를 원했지만 아무도 스타가 되지는 않았어요.
차를 세우고 개스를 넣지요.
내 마음속의 평화를 찾아 산호세로 돌아갈 거에요.

1.

송무 차를 타고 산호세로 돌아가는 중이었다. 프리웨이 101번.

"형, 코엘류 좋아해요?"

"코엘류? 축구?"

"형, 완전 날 개 무시하네. 축구감독 코엘류 말고 작가."

"아, 작가! 왜?"

"형, 잘 모르나 보다."

"관심 없어."

"왜?"

"그냥."

"형, 나랑 재혼할 뻔했던 여자가 있었어. 그 여자가 말이지. 이거 이런 얘기 해도 되나 모르겠네. 형, 이런 얘긴 제발 다음에 형 소설 같은데 쓰지 마. 형이랑 얘기하면 항상 불안하단 말이야."

"야, 내 책에 아무나 나오는 게 아니야. 나도 심사숙고해. 뭔가 가치가 있고 알맹이가 있고 느낌이 있어야⋯⋯."

● 밀브레이에서 산호세 가는 길

"제발 그만, 알았어요. 아무튼, 쓰지 말았으면 좋겠고요. 그 여자가 나한테 책을 한 권 선물했었어요. 음악 좋아하고 책 좋아하고 아무튼 형 비슷한 여자야. 그런데 코엘류의 순례자 란 책을 선물했어."

"코엘류의 순례자라……, 흠……."

"알죠?"

"그 정도야 알지."

"그런데 그 책이 멋있어."

"뭐가?"

"코엘류가 마흔 살인가 됐을 때 세계 3대 성지순례의 하나로 손꼽히는 '카미노 데 산티아고', 산티아고 가는 길 800킬로미터인가, 아무튼 나도 잘 몰라. 그런 길이 있다 치고."

"그래 있다 치고."

"그 길을 걷고 나서 작가가 됐대요. 좌우지간에 나도 잘 몰라. 그게 중요한 거라고. 내 얘기의 핵심은."

"너의 겸손은 너의 빛이야."

"킬킬, 빛은 무슨, 하지만 아무튼 고맙습니다. 좋은 얘기네. 하하, 그런

데 형, 내 얘기의 핵심은, 그러니까 요지는, 내 얘기의 이쑤시개는 뭔가 하면 말이죠. 하하, 이건 정말 형 책에 쓰면 안 돼."

"야, 나 요즘, 출판해 줄 곳도 없어. 걱정하지 마."

"아, 그래요. 그럼 듣던 중 다행이면서도, 그래도 그럼 안 되죠. 형은 다 잘 될 거야. 하하…… 아무튼, 그 코엘류가 말이죠. 세 번 이혼했다 이겁니다. 그러니 형, 난 너무 결혼을 절제하는 거 아냐?"

"네가 절제면 난 순교네."

"킬킬, 그거 말 된다. 아무튼, 자, 이제부터 여기선 로컬 도로 엘 카미노 리얼, 즉 황제가 다니는 길이란 스페인 말인 것 같은데, 그 길로 몹시 쫙 달려가 보겠습니다요."

"엘 카미노 리얼?"

"네, 1,500년대 말 스페인 군대가 지배할 때 생긴 이름이고 왕의 길이란 뜻."

"야, 너 아는 거 많구나."

"형, 내가 그래도 샌프란시스코 베이의 대표 DJ인데, 거 무슨 말씀을 그리도 섭 하게시리, 킬킬……."

송무와 나는 실리콘 밸리의 경제부흥을 갖고 온 하이텍 산업의 메카 스탠퍼드 대학이 있는 팔로알토를 거쳐 산호세로 진입했다. 그러는 동안 난 누군가를 또 그리워했고, 붉은 노을이 사라졌다는 것을 뒤늦게 깨달았고, 산호세의 오늘 저녁의 나는 또 어떤 사람일까 궁금해 했다.


2.

다음 날 송무가 그려 준 약도를 갖고 버클리로 갔다. 버클리의 햇살이 따사

● 버클리의 새더 타워

롭고 밝고 환하게 내 앞에 펼쳐졌다. 햇살은 다짜고짜 내 목을 핥았다. 아침에 헤어진 송무의 말을 기억해 냈다.

"형, 버클리 꼭 가보세요. 나도 오랜만에 가보면 좋을 텐데. 이놈의 것 목구멍이 포도청이니. 아무튼, 형, 이따 버클리 앞에서 만나요. 내가 가서 핸드폰 할게요. 버클리 가서 새더 타워Sather Tower 꼭 가 봐요. 거긴 진짜 가

봐야 돼."

나는 새더 타워도 찾을 겸 버클리 대학의 풍경들을 눈여겨보고 있었다. 가장 특이했던 오늘의 베스트 드레서는 대형 목욕 수건을 둘둘 말아 하체에 걸친 다음, 역시 욕실용 북슬북슬한 슬리퍼를 신고 옆구리엔 가방 하나 낀 채, 여자친구와 쾌활하게 웃으며 걸어가는 남학생이었다. 눈빛은 말짱한데 의상은 난데없는 기인이었다.

10분쯤 걸어 올라가자 새더 타워가 나타났다. 약간의 돈을 냈던가? 입구에는 책을 보는 여자가 나를 맞았다. 엘리베이터를 타자 역시 책을 보는 남학생이 나를 안내했다. 새더 타워에 올라가자 크고 작은 많은 종이 매달려 있었다. 종탑에서 버클리 캠퍼스 풍경과 시내 풍경을 바라보았다. 종들은 단단해 보였고 검은색이었다. 한동안 종탑 위에 서 있다가 그리 오래지 않아 내려왔다. 새더 타워 밖으로 나오자 잔디밭이 곱게 물결치고 있었다. 예복을 입은 신부와 신랑이 잔디밭 위 나무의자에 앉아 행복해 죽겠다는 표정으로 기념사진을 찍고 있었다.

그들과 좀 멀리 떨어진 잔디밭 위에 나는 누웠다. 하지만, 평화는 잠시, 이따금 지나치는 사람들이 신경 쓰여 나는 벌떡 일어나 올라왔던 반대편의

● 버클리 대학 입구의 조각

● 버클리 교정의 곰 조각

● 새더 타워 종탑

서쪽 길로 내려가기 시작했다.

　어느 건물 앞 광장에서 20여 명 가까운 사람들이 파룬궁을 하고 있었다. 은발의 아주 기품 있어 보이는 중년여자가 사람들을 리드하고 있었다. 광장을 지나쳐 버클리 도서관 앞 나무의자에 앉았다. 송무와 만나기로 한 버클리 정문의 광장에서는 학생들이 인디언 북을 치며 인디언 춤을 추고 있었다. 한동안 그걸 구경하고 있었다. 송무로부터 전화가 왔다.

　"형, 어디?"

　"오, 나 지금 정문 광장에서 춤추는 거 보고 있었어."

　"그럼, 형, 곧장 나와서 길을 건너요. 내가 그 건널목 앞에 있어요."

　"그래."

　반갑게 답하고 정문을 빠져나오기 전, 춤추는 사진을 몇 장 찍었지만

● 새더 타워 안내판

● 버클리 앞의 멕시칸 식당

그다지 잘 나온 것 같진 않았다. 송무는 키가 커서 미국에 오길 잘한 것 같았다. 건널목을 건너자 약간 비스듬한 내리막 언덕길이었다. 길 양쪽으로 카페와 옷가게 등이 즐비했다.

"형, 지금 바로 이 길 있잖아요."

"응."

"이 길가에 있는 가게 한군데를 얻어 라이브 카페를 한번 해 보고 싶어요."

"오, 그거 좋겠다. 버클리 앞에서의 라이브 카페라. 흠~, 굿 아이디언데!"

"좋죠? 그런데 아직은 아니고요. 나 이혼하면서 뭐, 돈을 다 줬으니까, 아직 좀 더 돈을 모아야 해요."

"음, 재밌겠다. 방송보다 자유롭고."

송무와 나는 버클리 대학 앞을 산책하기 시작했다.


3.

이튿날은 성환이와 바다에 갔다. 성환이는 짙고 알이 큼직한 선글라스를 쓰고 나타났다.

"오우, 브래드 피트 같은데?"

"형, 나 간지럼 많이 타, 그런 말 하면 기분 좋아 죽는다고. 하하하."

성환이는 정말 기분이 좋아져 웃고 있었다. 성환이는 달리고, 난 차창을 열었다. 바람이 쏟아져 들어왔다.

"형, 멀리서 오셨는데 제가 한번 모셔야죠."

● 버클리 교정과 앞길

64

성환이가 날 모신 곳은 산타 크루즈 바닷가였다. 해변에 차를 주차하고 모래밭을 걸었다. 처음엔 같이 걸었고 조금 후엔 각자 저마다 생각에 사로잡힌 채 뚝 떨어져 걷고 있었다. 해변엔 사람들이 거의 없었다. 대여섯 명쯤 되는 사람들이 모래밭 끄트머리에 보였다. 우린 거기까지 천천히 걸었다. 랭보였던가? 가장 좋은 것은 취하여 해변에서 잠드는 것이라고. 나는 깨끗한 하얀 모래밭 위에 덜렁 누웠다. 새들이 날아가거나 모래밭 위에서 나처럼 바다를 바라보기도 했다. 눈 부신 태양을 손바닥으로 가린 채 잠시 눈을 감았다. 아늑함이 내 온몸으로 번져나갔다. 태양은 따사로웠고 바람은 부드러웠다. 백인 아버지와 어린 딸 둘이서 모래성을 쌓고 있었다. 바닷물이 들어오자 모래성은 금세 스러져갔다. 부녀는 깔깔대며 웃었다. 갈매기들이 높은 소리로 끼룩댔다. 진정 사랑하는 둘이서 함께라면 멸망도 행복이다.

"형, 또 뭐가 그렇게 심각해?"

"어? 심각? 아냐."

"아니긴 뭐가 아니야. 형은 늘 심각해. 왜 그래? 고민 있어? 나한테 얘기해 봐."

"하하~, 아냐."

하긴 나 보고 너무 진지하다는 사람도 있었고, 방송국에서 글 쓸 때, 어느 PD는 아니 지금 무슨 노벨 문학상 원고 써? 하고 내게 빈정대는 투의 말을 던진 사람도 있었다. 또 방송작가 초기 시절, 어머니는 '너 화났니? 너 화났니?'라고 물어서 '아뇨. 아뇨.'라고 대답한 적도 꽤 많았다. 내가 원고거리를 생각하느라 골똘히 생각에 잠긴 모습이 마치 화난 걸로 여겨졌던 것 같았다. 그런데 더 히트는 바로 이거다. 어머니는 이따금 내 원고를 쓱 들춰 보면서 '아니 이 원고를 네가 쓴 거야? 정말이야?' 하며 믿어지지 않는다는 표정을 하며 고개를 갸웃했다. 아마도 내 실력으로 그런 원고를 쓴다는 것이 믿어지지 않았던 것 같다. 해변의 평화를 깬 것은 내 핸드폰 벨 소리였다. 나는 받을까 말까 하다가 받기로 한다. 조금 심심했던 것 같다.

"여보세요."
"나다. 나~, 끅……."
취한 목소리였다.
"누구세요?"
"나라니까~ 끅……."
"아~, 연 선배!".
"그래, 나 연 선배다. 그런데… 흑흑……."

태평양 건너 나의 선배 한 사람이 울고 있었다.
"아니, 왜 그래요? 지금 우는 거예요?"
"그래, 씨발, 나 운다. 너 때문에 내가 운다."
"아니, 나 때문에 선배가 왜 울어?"
"야, 내가 안 울게 됐어? 나 지금 여기 어딘지 아냐?".
"……."
"야, 여기 청와대 앞이야. 나 오늘 씨발, 여기서 분신자살하려고 왔어. 씨발, 나 지금 석유 쫙 끼었고 왔어. 축축하다. 축축해. 오줌을 싼 것도 아닌데. 석유를 뒤집어썼더니……, 야, 나 말이야, 씨발, 지금 가스라이터 한방만 땡기면 되는 거야. 그리고 내가 항의할거야. 아니 항의는 좀 약하고 저항하려고. 흑흑, 야, 자형아, 흑흑."
"아니, 이유가 뭐예요? 왜 분신자살을 해요?"
"흑흑……, 너 때문에……, 흑흑……."

"나 때문에? 왜요?"

"네가 불쌍해서. 너 잘 돼야 해. 너 정말 잘 돼야 해. 넌 내 희망이야. 야, 우리 음악계에 너밖에 없어. 이제 너 하나 남았어. 그런데 이 씨발, 어떻게 된 세상이 널 너무 힘들게 해. 그래서 내가 열 받은 김에 분신자살하고 갈려고. 확 가버리면서 세상에 경종을 울리려고 그래. 야, 요즘 음악이 이렇게 가면 안 돼. 씨발……. 흑흑……."

"선배, 선배, 제발 그러지 말구요. 나 한국 가면 한번 만납시다. 그리고 선배 내가 돈 좀 보낼게요. 그걸로 일단 좀 버티고 계세요. 곧 갈 거에요. 선배 청와대 앞에서 그러다 괜히 잡혀가면 안 돼. 선배 일단 거기서 빠져나가요. 빨리요. 분신자살 실패하면 괜히 화상만 입구 평생 고생만 해요."

"흑흑……, 그래도 씨발……, 내가……, 흑흑……."

"아, 참, 제발……."

"그래, 알았어. 그럼 내가 분신자살은 한 번 더 연기할게. 너 때문이다. 네가 말려서, 알았지? 그리고 고맙다. 그런데 돈은 언제 보내 주냐?"

"내일쯤 통장에 꼽히게 해 줄 테니까 걱정하지 마세요. 큰돈은 아니지만 그래도 내가 한국 갈 때까진 버틸 수 있을 거에요."

난 거의 노숙자 수준의 연 선배를 분신자살에서 구출해 낸다. 아무튼, 조국의 전화는 가능한 한 안 받는 게 좋다. 그 순간 전화기에선 옥신각신 실랑이하는 소리가 들려왔다. 아마도 수상한 차림 같아서 불심검문하는 것 같았다.

"아이, 씨발, 이거 놓으라니까, 이거 못 놔? 너희가, 이 씨발 놈들아, 민중의 지팡이야? 엉? 아이고 이런 씨발……, 야, 지금부터 내가 10년간 통치한다. 아니 그건 좀 긴 것 같고, 앞으로 3년간 내가 통치한다. 야, 씨발, 이거 못 놔? 그리고 여기가 뭐? 어디라고? 뭐? 이 건물이, 어디? 경복궁? 경복궁

이야? 청와대가 아니고? 아하, 그래? 아하, 야, 자형아, 여기 청와대가 아니
란다. 경복궁이래. 아무튼, 고맙고. 좋은 여행 되라. 하하……."

　　나와 성환은 해변을 빠져나와 다시 차에 올랐다. 조국의 아픔으로부터
꽤 멀리 피해왔다고 생각했는데 여전히 내 핸드폰으로 다 몰려드는 느낌이
었다. 해풍은 차의 속력이 빨라질수록 더욱 거세게 저항하고 있었다. 차창
을 조금 열자 빠다닥빠다닥 바람이 쉼 없이 날아와 부딪히며 튀어 올랐다.
그때마다 바람의 날개가 찢겨 피투성이가 된 바람들이 해변 도로에 즐비했
다. 성환은 나를 어느 해변 카페로 안내했다. 돌고래와 무지개가 그려져 있
는 카페 간판을 지나쳐 솔밭 사이 주차장에 차를 댔다. 나는 차에서 내려 햇
살 속으로 들어섰다. 환한 햇살이 문득 내 사타구니를 움켜쥐었다. 나는 점
잖게 햇살의 그 손길을 떼어 놓았다. 햇살은 조금은 겸연쩍게 그리고 흰 이
를 드러내어 하얗게 웃으며 내게서 비켜섰다.


밥 딜런의 블루지한 노래들과 오티스 레딩의 소울풀한 노래들이 카페의 실
내를 감돌고 있었다. 샌프란시스코의 아름다움이다. 60년대 말 히피들의 성
지 샌프란시스코답게 그 시절의 뜨거운 감동의 진실들, 그 노랫가락들이
샌프란시스코에는 어딜 가나 흘러다닌다. 내가 단념할 수 없는 사랑에 빠
진 내 영혼이 울고 있다는 오티스 레딩Ottis Redding의 압빈 러빙 유 투 롱I've
Been Loving You Too Long을 따라 부르자 성환이가 묻는다.

　　"형은 어떤 노래 좋아해요?"

　　"다. 판소리부터 오티스 레딩, 바하, 비틀즈, 밥 딜런, 앤 머레이 아무튼
좋은 음악은 다 좋아."

　　"좋은 음악이 뭔데요?"

　　"일단 점심부터 때리자."

난 야채수프를 먹었고 성환은 크림수프를 먹었다. 그리고 둘 다 똑같이 스테이크를 먹었다. 행복했다. 남의 살을 먹어 치워야만 인간은 행복이 찌르르한가. 이제 음악은 존 레넌의 오! 요코Oh! Yoko가 흘러나오고 있었다. 난 두 눈을 둥그렇게 뜨고 식사하다 말고 한마디 했다.

"와, 존 레넌의 오! 요코가 다 나오네."

"형, 아는 노래예요?"

"음, 내가 좋아하는 노래지. 와, 반갑다. 존 레넌이 오노 요코 때문에 노래 많이 만들었지. 오노 요코가 쉰 살 되던 해 이런 말 했어. 쉰 살이 되니까 아주 좋다. 인생이 훨씬 더 가치 있다는 것을 알게 됐어. 나도 그랬어. 쉰 살이 되니까 안 보이던 게 저절로 보여."

"그래요?"

"그럼 쉰 살 넘으면 정말 좋아."

"뭐가 좋아요?"

나는 대답 대신 스테이크를 썰어 한 조각을 입에 넣어 자물자물 씹고 있었다.


4.

"형, 어제 성환이가 잘 모셨어?" 밀브레이 가는 차 안에서 송무가 물었다.

"바다 갔었어."

"바다라, 바다라, 진짜 바다를 형한테 보여 줘야겠다."

"진짜 바다?"

"이번 주말에 가자고요."

"흠~, 좋지. 그런데 어제 바닷가 카페에 갔었는데, 야, 그런 데서, 저녁이면 밴드 생활하면서 바닷바람 쐬고, 낮에는 햇빛 속에 서 있거나 왔다 갔다 하고, 커피나 맥주 좀 마시면서……, 그러다 사랑하는 여자에게 편지를 쓰면서……, 그렇게 좀 살 수 없나?"

"그래요. 그게 뭐, 그렇게 어려울 것도 없을 것 같은데, 그게 또 참 힘들어. 안 그래요? 나도 여기 생활 걸고 한국 가서 미사리에서 노래하고 싶은데 그게 쉽지 않다니까요."

"하긴 해변의 라이브 카페도 직접 주인이 돼야 좋지. 갑자기 또라이 주인이 짤라 버리면 그것도 골치 아프다."

"더구나 밴드면 네다섯 명이 짤릴 텐데 참 그거 보기 안 좋다. 나이나 어려야 그런대로 봐 주지."

"야, 나이 너무 신경 쓰지 마. 나도 나이 때문에 한때 고민했었는데, 나이는 단순히 나이가 아니라 나이테야."

"나이테?"

"그래. 나이란 게 사라지는 게 아니라 우리 몸과 마음 안에 나무의 나이테처럼 다 차곡차곡 저장이 돼 있는 거야. 그래서 예를 들면 오늘은 열일곱 살 버전, 내일은 스물두 살 버전으로 살아야지 하면 그렇게 살 수가 있다니까."

"오오, 그거 재밌다. 그거 오늘 방송에서 얘기해야겠다."

"얘기해. 하지만, 저작권자를 밝혀라."

"봐서. 형, 빌 게이츠가 이런 말 했어."

"무슨 말?"

"표절하는 사람은 훌륭하다. 도용하는 사람은 위대하다."

"캬아, 말 된다. 그게 현실이지."

밀브레이 한인 방송국에 도착하자 사장이 커피 한잔하자고 말했다. 스타벅스로 갔다. 사장은 내가 송무의 시간에 들어가 DJ를 하는 건에 대해 기본적으로 다시 한 번 찬성한다는 말을 했다. 그러면서 월급 얘기도 나왔다. 이렇게 되면 내가 적극적으로 나가야 할 때다. 그래서 흥정을 잘 마치고 샌프란시스코 한미 라디오의 DJ로 일을 시작하면 되는 것이다. 하지만, 사장도 나에 대한 확신은 아주 뚜렷하진 않은 것 같았다. 그리고 나 역시 약간 혼미했다. 처음 샌프란시스코에 올 때는 한미 라디오 DJ 취업 문제를 마무리 짓고 나머지 여행을 마친 다음 일을 시작했으면 좋겠다는 생각을 했었다. 하지만, 나는 선뜻 딱 부러지는 답을 못하고 있었다. 왜 그런지는 나도 또렷이 알 수가 없었다. 하지만, 왠지 내 갈 길이 아닌 것만 같은 그런 생각이 내 마음속을 지배하고 있었다. 결국, 약간 흐지부지한 분위기로 우린 방송국으로 돌아왔다. 사장은 먼저 나갔고, 나도 걸어서 밀브레이 역까지 간 다음, 바트를 타고 샌프란시스코 시내로 향했다.

5.

가벼운 여행의 흥분을 느끼며 파웰 스트리트에서 내렸다. 집시의 여자에게 동전을 몇 개 주었고 꽃들이 피어있는 역사 앞 아담한 광장으로 나갔다. 붉은 꽃들이 날 환영하고 있었다. 한 번쯤 들어가고픈 커피숍이 있었지만 지금은 실내보다 밖이 훨씬 더 좋은 그런 날씨였기에 전차가 내려오는 곳을 향해 천천히 걷기로 했다.

　　이처럼 아무것도 없는 이런 순간을 난 사랑한다. 햇살과 나만 있는 것 같고, 하늘과 나만 있는 것 같고, 바람과 나만 있는 것 같고, 샌프란시스코는 내게 아무런 말도 걸어오지 않았지만 그 대신 말없이 미소로 나를 호위

● 파웰 스트리트의 길가 카페

하고 안내하고 있었다. 나는 꿈 꾸듯 샌프란시스코를 따라 내 발걸음을 맡길 뿐, 아무런 욕망 없이 탈속한 기분으로 샌프란시스코를 걷고 있었다. 언덕길 중간쯤에 있는 광장을 발견했다. 나는 그곳에서 열심히 디카를 눌렀다. 광장의 기운은 나를 확장시켰고, 탁 트인 시야를 통해 나는 좀 더 둥글게 샌프란시스코를 발견하고 있었다.

그러다 유난히 내 눈길을 끄는 흑인 여학생을 보기도 했고, 그녀의 생명력이 행복했으면 했다. 공기는 살캉거렸고 공기를 씹으면 샌프란시스코의 푸른 하늘과 흰 구름이 조금씩 함께 씹혔다. 그걸 적절히 맛보다가 꼴깍꼴깍 맛있는 물 한잔 마시듯 내 몸 안으로 흡수해 버렸다. 그러면서 생각했다. 나중에 다시 와서 이 맛을 다시 봐야지. 나는 괜스레 목이 메어왔다. 스무 살 시절엔 뜨거운 게 자주 치솟았는데 이젠 물기가 흘러나온다. 나는 나를 통해 흘러가는 갖가지 감정의 물살들을 초연히 더러는 살갑게 바라보고 있었다. 마치 일요일의 아침처럼 아주 평온하고 평화롭게.

●파월 스트리트 근처 광장의 풍경

6.

그렇게 혼자 광장에서 잘 놀다가 다리가 아프도록 샌프란시스코의 길을 따라 걷다가 나는 어딘가에서 점심을 한 그릇 먹기로 했다. 어디가 좋을까? 거리의 간판들을 바라보면서 언덕길을 걸어 내려갔다. 하지만, 무언가를 먹기 전에 CD를 사고 싶었다. 음반 가게에는 마침 골드 시리즈들이 나와 있었다. 엘비스 프레슬리, 행크 윌리엄스, 크리스 크리스토퍼슨 등의 음반들이 보였다. 흑백사진에 GOLD라는 글씨가 금박 인쇄되어 있었다. 나는 몇 장의 앨범을 구입했다. 나의 심 봤다! 였다. 음악은, 진정한 음악은 모든 사악함을 내 쫓는다. 그렇다. 영혼의 음악은 굳건한 성읍이요, 쇠기둥이요, 놋성벽이다.

나는 샌프란시스코의 중심가에 서서 아씨시의 성자 프란치스코를 생각한다. 나병환자를 안아주고 육신의 정욕을 이기고자 가시에 찔리면서도 장미나무 위에서 뒹굴었던 프란치스코를 떠올렸다. 육신의 아버지를 결별하고 하나님의 아들이 되었던 성 프란치스코의 영혼이 샌프란시스코의 온 도시

에 안개처럼 아늑하게 감돌고 있었다.

　나는 점심을 거른 채 바트를 타고 다시 밀브레이로 돌아왔고 한미 라디오에서 송무를 만나 그와 함께 하프 문 베이를 향했다. 하프 문 베이 가는 길에 호수를 만났다. 샌 안드레아스 호수였다. 산호세와 샌프란시스코 사람들이 매일 먹고사는 수돗물의 상수원지였다. 이따금 차가 막혔고, 꽤 달린 다음 우린 둘 다 배가 고파 길가에 혼자 서 있는 외딴 섬 같은 버거킹을 발견하고 햄버거를 먹었다. 그리고 다시 차에 올랐다. 해변도로는 시원스럽게 뻗어나갔고 낡은 도요타 자동차는 바람보다 더 빨리 달려나가고 있었다. 태평양의 물결이 높이 일었다.

　"형, 가다가 사진 찍고 싶은데 있음 말해요. 차 세워 드릴게요. 그리고 형, 여기 다녀간 증명사진도 제가 찍어 드릴게요."

　"증명은 뭐~, 마음속에 풍경을 간직하는 게 더 좋지."

　난 말은 그렇게 했으면서도 정말 여기서 잠시 안 쉬어가면 평생 후회하고 마지막 눈을 못 감겠다 싶은 곳 몇 군데에서는 차를 멈춰 달라고 부탁했고, 송무는 열심히 내 사진을 찍어 주었고, 내 등 뒤에서는 늘 그때마다 태평양의 파도가 부서지고 있었다. 차창 밖 풍경은 목장과 바다와 산들이 끝

● 샌프란시스코 해변 도로에서

임없이 이어지고 있었다. 계속 곧장 달려가면 L.A가 나타난다는 서부 해안 도로 1번 길이었다.

"형, L.A까지 아주 갈까요? 내일은 뭐 일요일이고 슬슬 놀다 오지 뭐……."

나는 답하지 않았다. L.A는 좀 그렇다. 거긴 너무 더울 것 같았다. 나에겐 따스함과 서늘함이 공존하는 미국의 북서부를 향한 예정대로의 여행이 필요하다.

7.

어느덧 샌프란시스코 여행의 마지막 날이 다가왔다. 하늘도 나의 떠남을 슬퍼하는지 부슬비가 내렸다. 송무는 나를 위해 샌프란시스코의 마지막 날을 자동차 여행시켜 준다고 했다. 그래서 출발했다. 성환이도 함께 했다. 성환이는 흐리고 비 뿌리는 날씨임에도 짙은 선 글라스를 쓰고 있었다. 빗방울이 차창에 부딪쳐 흘러내렸다. 나는 텍사스에서 태어나 내쉬빌에서 스타가 되는 크리스 크리스토퍼슨Kris Kristofferson의 CD를 카오디오에 삽입했다. 굵직한 저음의 크리스 크리스토퍼슨의 목소리가 내가 참 좋아하는 미 앤 바비 맥기Me & Bobby McGee와 언제 들어도 좋은 퍼 더 굿 타임For The Good Times, 조금 야한 연상을 불러일으키는 헬프 미 메이킷 쓰루더 나잇Help Me Make It Through The Night 같은 노래들을 통해, 차 안에 부드럽게 울려 퍼지거나 안착하고 있었다. 그것은 마치 카키색 군복의 낙하산병들 같은 음표들이었다. 낙하산병들은 내 가슴에 내려와 앉거나 성환이의 어깨 위, 더러는 성환이의 선글라스 위에 그리고 송무의 핸들 잡은 손 등 위나 전방을 주시하는 송무의 눈썹 위로 착지하는 중이었다. 그 음표들은 태양의 아이들 같았고, 그 화사함과 씩씩함은 무겁고 습했던 차 안의 실내공기를 따스하게 데우거나 포근하게 해 주었다. 낙하산병들은 서둘지 않고 낙하산을 수습했고 내가 눈길을 주시하면 어느새 봄눈처럼 사라졌다. 나는 사라진 그들이 어디로 갔냐고 송무와 성환에게 물으려다가 그만두고 말았다. 다행히 음악은 지속했고, 낙하산병들은 여전히 우리 몸 위로 끝없이 착지 중이었다. 비 내리는 차창 밖으로 회색빛 바다가 보였다.

"와~, 오늘 날씨 죽인다."

누군가가 뇌까리듯 말했고, 거기에 아무도 말을 덧붙이진 않았다. 대답이나 호응을 못 얻은 말은 조금 어색하게 꼬리를 감췄고 다행히 빗방울이 좀 더 강해졌다. 우린 오션 비치, 차이나 비치, 베이커 비치를 지나 한참만에 드디어 뷰 에어리어에 도착했다. 차를 주차 시키고 광장으로 나서자 바람이 어찌나 세찬지 날아가 버릴 것만 같았다. 노송들이 서너 아름씩 되는 것 같았다. 로댕의 생각하는 사람이 보였다. 해송 사이로 바다가 푸릇푸릇 보였다. 송무와 성환이와 나는 각자 독사진을 찍기도 했고, 둘이서, 혹은 셋이서 사진을 찍었다. 셋이 찍을 때는 지나던 백인 연인들에게 부탁했고, 송무가 또 그 둘을 사진 찍어 주었다. 나는 아름드리 해송들의 사진도 디카에 담았다. 나는 나무가 되길 원하진 않지만 나무를 좋아한다.

우리는 다시 안개 낀 해안도로를 따라 천천히 달렸고, 오클랜드 브리지를 거쳐 차이나 타운에 도착했다. 갑자기 만두가 먹고 싶었지만 차를 댈 데가 마땅치 않았다. 그래서 샌프란시스코의 유명 관광코스 꽃길을 찾아갔다. 많은 사람이 꽃길 앞에서 구경 중이었다. 구불구불 뱀사길, 그 길로 차들이 내려왔고, 나는 송무가 권하는 대로 그 길 입구에서 사진을 박았고, 송무는 잘 박힌 사진이니까 잘 빼서 간직하라고 농담을 했다. 거기서 10분쯤 있었고,

● 샌프란시스코의 상징 구불구불 꽃길

우린 다시 서둘러 길을 떠났다. 이제 비는 거의 그쳐가고 있었다. 약간 보송 보송한 기운이 공기 속에서 느껴졌다.

하지만, 산호세로 돌아가는 해변도로에는 또다시 빗방울이 흩뿌려지 고 있었다. 나는 고개를 돌려 차창 뒤를 바라보았다. 뒷좌석에 앉아있던 성 환이가 영문을 몰라 어리둥절 해했다. 나는 조금 아쉬웠다. 멋진 공연들이 많았을 텐데 이번엔 콘서트 하나를 못 보고 떠난다. 예전에 왔을 때는 한 인방송이 샌프란시스코 시내에 있어서 송무와 함께 존 메이얼John Mayall 의 록 블루스 공연을 보기도 했었는데. 돌아오는 길에 우리는 더욱 말이 없 었다. 송무가 이따금 큰 목소리로 노랠 불렀다. 비 오는 날씨여서 그랬는 지 송무의 목소리는 금세 축축해졌고 그것은 묵직하고 커다란 날개를 천천 히 펄럭이며 낮게 날아가는 샌프란시스코 베이의 바닷새 같았다. 산호세로 돌아와서 우린 첫날 송무와 식사했던 산타 클라라의 구이구이(Gooyi Gooyi: 408-615-9292) 집에 갔다. 등심을 안주로 소주와 맥주를 셨다.

8.

"형, 잘~ 가~."

나는 송무와 헤어져 포틀랜드행 비행기를 타려고 공항 안으로 걸어 들 어갔다. 송무의 목소리가 들려왔다.

"형, 또 와야 해~."

내가 싱긋 웃으며 고개를 끄덕였고, 송무가 크게 손 흔들며 활짝 웃고 있었다. 포틀랜드행 UA 562 여객기의 출발시각은 13:03이었다. 비행기가 이 륙했고 나는 안도했다. 혼자 있음에 대하여. 처음 한국에서 출발할 때는 포 틀랜드로 직접 갈 생각도 했었다. 하지만, 샌프란시스코 한미 라디오에서

일하겠다는 생각을 하게 됐고, 송무도 대 찬성했고, 사장도 긍정적이었다. 그래서 샌프란시스코부터 갔고, 예르바 부에나 가든, 안개 낀 금문교 풍경, 하프 문 베이, 산타 크루즈, 구이구이, 송무 집에서의 숙박, 밀브레이에서 한적한 바트 타기, 샌프란시스코 시내에서 들렀던 몇 개의 스타벅스, 너무 광활해서 할 말을 잃고 가슴 벅찼던 1번 해안도로, 무엇보다도 샌프란시스코의 햇살들, 바람들, 고맙다, 샌프란시스코. 그리고 날 따뜻하게 맞아 주었던 모든 사람들, 감사합니다.

포틀랜드행 비행기 좌석 26A에 앉아서 설레며 나는 포틀랜드와의 만남을 꿈꾸고 있었다. 아주 좋을 것 같았다. 몇 년 만이지? 몇 년 만에 내 꿈이 이뤄진 거지? 내가 게을렀던가? 그만큼 대한민국에서 먹고살기가 그렇게도 바빴던가?

내가 포틀랜드란 지명을 처음 발견한 것은 누군가의 노래에 의해서였다. 1974년이었다. 명동에 음악평론가 이백천 선생님이 운영하던 르 시랑스란 음악 감상실이 있었고, 그곳에서 난 DJ를 하고 있었다. 그곳엔 송창식,

윤형주, 김도향, 김정호, 어니온스, 양병집, 이종용, 둘 다섯, 이동원, 유심초, 최성원, 스푸키스, 채은옥, 정광태 등이 자주 나타나 라이브 무대를 가졌고, 김민기가 드물게 모습을 보인 적도 있었다. 그리고 아직 무명의 통기타 가수들도 그곳에 나타나곤 했는데 그 중 한 명이 아이 워즈 본 인 포틀랜드 타운I Was Born In Portland Town을 애조 띤 목소리로 잘 불렀다. 하지만, 존 바에즈가 오리지날이라는 그 노래의 원곡을 아무 데서도 찾아볼 수가 없었다. 일부러 집요하게 찾지 않았을지도 모르겠다.

왜냐하면, 내 상상 속의 아이 워즈 본 인 포틀랜드 타운 원곡이 더 아름다울 것 같아서였다.(하지만 가사는 아름답지만은 않았다. 포틀랜드에서 태어나 포틀랜드에서 결혼해, 아이를 하나 둘 셋! 을 낳았으나 그 아이들은 모두 전쟁에, 지금은 한 아이도 없다오! 란 반전 음악이었다.) 그래도 멜로디의 순수함과 텅 빈 숲 속의 덩그란 바람같은 노래의 에너지 때문이었는지 그렇게 내 가슴 속에는 가고 싶은 포틀랜드가 나도 모르게 그리움의 나무가 되어 무럭무럭 자라나 이젠 숲이 되었던 것이다. 그렇다. 포틀랜드는 나의 꿈이었고 그 꿈이 나라는 꿈 사람을 만들었고 지금 그가 하늘을 날아 포틀랜드로 가고 있었다.

●안개 낀 금문교

# 포틀랜드에서 태어났어요

Was Born In Portland Town

그들은 내 아이들을 전쟁터로 보냈지요.
지금 그 아이들은 아무도 없어요.

1.

조금 달랐다. 포틀랜드는 샌프란시스코와 조금 달랐다. 비행기에서 내리는 순간, 포틀랜드의 공기는 샌프란시스코보다 더 많은 나무냄새가 났고 조금 더 습했다. 샌프란시스코 공항이 좀 더 사람냄새가 많았다면 그리고 샌프란시스코 블루스가 보이잖게 울고 있었다면 포틀랜드는 조금 달랐다. 포틀랜드의 사람들은 침묵했고, 베어진 나무들의 정령들이 공항 내부와 공항의 하늘을 꽉 채운 채, 비행기에서 내리는 사람들을 물끄러미 바라보거나 그러다 눈이 마주치면 문득 손들어 가벼운 손 인사를 했다.

택시를 탔다. 택시 안에서 머리에 눈 쌓인 높다란 산을 보았고, 비교적 넓은 길을 한적하게 달렸다. 30분쯤 갔을까? 강이 보였고, 포틀랜드 도심으로 들어섰다. 늦은 오후였고 집들도 건물들도 많지 않았다. 그 여백들이 내 가슴을 깊고 큰 호흡으로 이끌었고, 내 마음의 넉넉한 여유로 자리하고 있었다. 어느새 드문드문 카페의 빨간 불빛들이 서서히 켜지고 있었다.

인구가 많지 않고 숲이 울창한 오리건 주의 포틀랜드답게 포틀랜드의 공기는 투명했다. 호텔 데이즈 인Days Inn(888-872-8356)에 도착했다. 높지 않고 크지 않아 안온한 느낌이었다. 예약을 확인한 후 3층에 있는 방에 머물게 됐고, 방에서는 호텔 수영장이 내다보였다. 창문을 열었다. 포틀랜드의 바람이 가볍게 내 가슴에 물결쳤다. 반가운 바람의 인사였다. 방 안의 라디오를 틀었다. 몇 군데 채널을 돌리다 구미에 맞는 올드팝 전문 채널에서 멈췄다. 가뿐한 록 앤 롤Rock & Roll의 승리 몽키스 Monkees의 라스트 트레인 투 크락스빌Last Train To Clacksville, 콘서트에서 자신도 울고 팬들도 울고 모두가 울게 한다는 닐 다이아몬드Neil Diamond의 아임 어 빌리버I'm a Believer 등의 음악이 쏟아지다가 문득 존 레논John Lennone의 이매진Imagine이 흘러나왔다. 노래는 다소곳했고 서서히 절제의 강을 타고 흘렀다. 그 강은 천국도 없고 나도 없고 소유도 없는 세상, 언젠가 모두 하나가 되어 흘러가야 할 이매진이라는 강물이었다.

존 레논은 지금 어디 있을까. 나는 문득 존 레논이 궁금했다. 그의 영혼은 저 하늘 어딘가 구름이 되어 지상을 내려다볼까. 아니면 하늘나라에서 먼저 세상을 떠났던 엘비스 프레슬리, 짐 모리슨, 재니스 조플린 등과 함께 1급의 밴드를 만들어 매일 밤 빛나는 음표들을 연주하고 있을까. 평화를 꿈꾸던 사람. 전쟁을 제작하는 자들이 만들어 냈던 총알 네발을 맞고 12월 8일 밤 10시 50분 사망한 존. 세상 사람 모두가 저 마다의 오늘 일에 충실하고, 모든 사람이 평화롭고, 모든 사람이 온 세상을 공유하길 원했던 존. 그는 지금 그가 살던 뉴욕에 없다. 그가 태어난 리버풀에도 없다. 사람들은 그를 죽었다고 말한다. 하지만 난 그 말을 믿고 싶지 않다. 아름다운 것들은 결코 그렇게 허술하게 사라져서는 안 된다.

호텔 밖으로 빠져나와 월러맷Willamette 강변을 찾았다. 강변 공원에는

● 뉴욕 센트럴 파크 의 작은 언덕에 존 레논을 추모하기 위해 만든 스토베리 필즈 공원에 imagine 기념 모자이크가 있다. 그 위에 누군가가 영국의 제럴드 홀텀이 디자인한 평화의 심볼을 이용하여 설치 작품을 만들었다.

개를 끌고 온 사람들, 산책하는 사람들, 요트가 떠가고 있었다. 녹색의 잔디 밭이 신선했다. 한동안 그 잔디밭 위에 앉아 강물을 바라보고 있었다. 머릿 속이 멍해질 정도로 비워지는 것 같았다. 너무 오래 앉아있다가는 완전 바 보가 될 것 같은 두려움 때문에 문득 일어나 이번엔 강변을 끼고 북쪽을 향 해 걸었다. 모리슨 브릿지Morrison Bridge가 나타났다. 모리슨 브릿지 위로 걷 는 사람들, 자전거 타고 가는 사람들이 보였다. 나도 걷기로 했다. 다리는 그다지 만만한 거리는 아니었다. 하지만, 걷고 싶었다. 모리슨 브리지는 중 간에 되돌아갈까 싶을 정도로 약간 긴 다리였다. 그래도 끝까지 가고 싶었다. 결국, 다리를 건너 낯선 동네로 들어설 수 있었다. 하지만, 도심을 벗어난 탓인지 강의 동쪽 동네는 생각보다 심심했고 밋밋했다. 여행자가 걷기엔 마땅치가 않았다.


2.

이튿날 호텔에서 주는 에그, 딸기 잼과 버터를 바른 토스트, 시리얼, 우유, 베이컨, 약간의 과일로 아침을 먹고 샤워하고 호텔을 나섰다. 발길 닿는 대로 마음내키는 대로 길을 걸었다. 포틀랜드 미술관Potland Art Museum이 눈에 들어왔다. 입장료가 약간 있었다. 배낭을 맡기고 미술관 안으로 들어갔다. 포틀랜드는 재주 부리는 도시가 아니었다. 순박한, 그야말로 원목의 질감과 그 향이 그대로 드러나는 질박한 도시였다. 요란한 그림도 없었다. 나무 향 같은 그림들이 숲 속의 나무들처럼 서 있었다. 나도 그 숲 속에 자연스레 서 있기만 하면 되었다.

미술관을 나오자 미술관 앞은 공원이었다. 공원 안에는 사람이 거의 없었다. 어쩌다 한두 사람이 눈에 띌 뿐, 그들도 모두 지나가는 사람들이었다. 나는 공원의 나무 벤치 중 가장 햇빛이 잘 드는 곳을 찾아 덜렁 누웠다.

고요하게 따사롭게 햇살이 쏟아져 내렸다. 나무들이 어찌나 키가 큰지 하늘 꼭대기에 다다른 초록빛 계단 같았다. 나무 이파리들은 바람에 살랑이고 햇살은 내 살갗으로 끊임없이 파고들었다. 햇살은 약간 따끔거릴 정도의 온도였지만 얼마든지 맞고 싶은 햇살과 바람이었다. 두 눈을 감았다. 햇살은 이제 마음 놓고 내 온몸 위를 범람한다. 내 옷이 따스하게 덥혀지고 있었다. 나는 불현듯 포틀랜드에 살고 싶었다. 여기다 집을 하나 얻고 매일 이렇게 이 나무 의자 위에 누워 해바라기를 하고 싶었다. 비가 오면 포틀랜드의

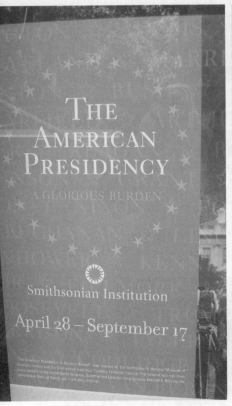

● 미국 대통령 전시 회안내 배너　　　　　● 펄 스트리트의 카페

아주 근사한 창 넓은 카페가 어딘가 있을 텐데 그 창가에 앉아 시를 쓰고 싶
었다. 햇살이 내 생각에 고갤 끄덕였고 새들이 환영했고 바람이 또다시 말
없이 불어가고 있었다.

　나는 그렇게 비몽사몽 잠든 듯 누워 있었다. 공원 안은 지극히 고요했
고 이따금 청설모들이 뛰어가는 소리가 들렸다. 나는 이대로 영원했으면 좋
겠다는 생각을 했다. 그렇게 한 시간쯤 흐른 다음 다시 일어나 포틀랜드 미

술관 맞은편 오리건 역사관Oregon History Center을 찾았다. 그곳에선 마침 미국을 빛낸 자랑스러운 대통령들의 전시회The American Presidency-a glorious burden가 열리고 있었다.

들어가 보니 링컨, 루스벨트, 케네디, 레이건, 클린턴 등 역대 미국 대통령들의 취임식 때 사용했던 연설탁자, 취임식 초대장, 대형사진, 신문기사, 연설 영상, 대통령 소재 영화들, 잡지표지의 대통령, 포스터, 캐리커처, 성조기, 모자, 훈장, 넥타이 같은 기념품 등이 전시되고 있었다. 관람객들

● PCNA 미술대학 교내 전시회 작품

은 그리 많지 많았다. 한적하다 싶을 정도로 쾌적한 공간을 돌며 나는 대부분 전시자료를 훑었다. 나는 전시장을 빠져나오면서 전시 제목이 가장 마음에 들었다. 미국의 대통령직이란 결국 찬란한 부담이란 얘긴데, 미국인들을 위하여 자신의 주어진 임기 동안 기꺼이 십자가를 짊어지므로 찬란해 질 수 있다는 봉사와 헌신의 개념이 거기 듬뿍 들어 있었기 때문이었다. 전시 제

● 포틀랜드 공원에서 거리를 보다.

목은 우유와 계란이 듬뿍 들어간 식빵처럼 부드럽고 풍성한 느낌이었다.

공원으로 다시 나온 내가 서 있는 문화지역Cultural District을 거쳐 북쪽으로 서너 블록을 걷다가 버스를 탔다. 몇 정거장을 가다가 하차한 후 이번엔 북쪽으로 더욱 걸어 올라갔다. 그러자 펄 지역Pearl District에 도달했다. 펄 지역은 한적했다. 갤러리와 커피숍, 사무실들과 주택들의 거리였다. 엔더블유 러브 조이NW Love Joy 거리의 집들은 야트막했고 주택가는 아주 조용했다.

빨간색 간판과 하얀 의자의 노천카페 앞을 지나던 나는 PCNAPacific Northwest College Of Art 교내에서 전시하고 있는 학생들 작품을 보려고 학교 안으로 들어갔다. 수많은 작품이 꽉 들어차 있었다. 그림과 사진들, 설치미술들이 대부분이었다. 생기 있는 그림들 앞에서 나는 좀 더 오래 머물렀다. 사진들은 실험적이라고 할까? 좀 강렬한 것들이었다. 설치미술은 내가 그다지 좋아하지 않는 편이어서 휙휙 스쳐만 갔다.

교내 전시를 보고 나오니 배가 고팠다. 목도 말랐다. 눈에 들어오는 중국식당 피 에프 장스 차이나 비스트로P.F Changs China Bistro엘 갔다. 중국식당은 퓨전 레스토랑 분위기였다. 조명도 어둑하게 멋을 냈고 깔끔한 음식을 맛있게 잘할 것 같았다. 식당 밖 흰 테이블보가 깨끗하게 깔린 노천 의자에 앉아 식사하기로 했다. 볶음밥을 주문했다. 한국에서 먹던 것과는 달랐다. 밥은 수북했고 달콤한 편, 닭고기가 들어가 있었다. 간장을 넣었는지 밥은 갈색 빛이 났다. 양이 많아서 반쯤 먹고 더는 먹을 수가 없었다. 오리건 주 숲 속의 벌목꾼도 아니고 아무튼 너무 배가 불러 남은 밥을 포장 해 달라고 했다. 종이 상자에 담긴 볶음밥을 배낭에 넣고 포틀랜드 여행자는 다시 발길을 옮겨 일단 호텔로 돌아가려고 포틀랜드 스트리트 카Portland Street Car를 탔다.

SW 10번가에서 하차해 데이즈 인 호텔을 향했다. 그러다 클레이 스트

● 포틀랜드 한인 교회

리트SW Clay Street에서 문득 반갑게 돌 건물이 눈에 들어왔다. 포틀랜드 한인교회. 붓글씨체로 쓰인 포틀랜드 한인교회 8글자에 나는 경건한 마음이 들어 건널목을 건너 교회 앞에 가 섰다. 교회 문은 평일이어서 그랬는지 닫혀 있었다. 나는 교회 안내 게시판을 살펴보았다. 주일예배 1부 오전 08:30, 2부 오전 10:30 새벽예배 월-금 오전 6:00, 금요예배 오후 8:00 담임목사 배종덕. 일요일 2부 예배를 볼까 생각했다. 그런데 바로 내 등 뒤의 차도에서 주차하는 소리가 났고 30대 후반쯤 되어 보이는 한국인 여성 한 사람이 차에서 내리고 있었다. 그 여성이 내게 먼저 말을 건넸다.

"어디서 오셨나요?"

"여행 중입니다. 서울에서 왔습니다."

"일요일 날 오세요. 꼭 오세요. 여긴 한식당 없으니까 그날 오셔서 꼭 한식 드세요."

여성은 쌩끗 웃으며 교회 안으로 사라졌다. 고맙다는 말로 내가 답례했다. 천천히 걸어 호텔로 돌아가면서 디카를 꺼냈다. 순간은 새처럼 어느새 사라진다. 사라지는 그 풍경들을 내 카메라에 저장했다. 언젠가 내 영혼이 고픈 날, 저장해 둔 이 순간의 추억을 다시 꺼내 보리라. 꺼내어 나의 쓸쓸했던 마음, 착 가라앉아있던 지금의 이 마음들을 다시금 눈여겨보리라. 그리고 사진 속에서 지금의 이 바람을, 서늘하게 불어가는 포틀랜드의 6월, 이 저녁 바람을 다시 한 번 가슴 깊숙이 맛보리라. 나는 공원의 나무들과 스타벅스의 노란 불빛과 집들을 사진 찍었다.

어딘가에서 그 옛날의 약속들이 울고 있었다. 홀쩍이며 바보처럼 흐느끼고 있었다. 나는 그 수풀 속의 울음소리 같은 것들을 내 등 뒤로 느끼면서 호텔로 향했다. 포틀랜드 도심의 불빛들이 하나씩 둘씩 켜지고 있었다.

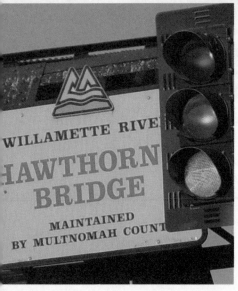

- 왼쪽 위 : 포틀랜드 미술관, 중간 : 모리슨 브릿지,
- 아래 : 월러멧 강의 호손 브릿지.
- 오른쪽 위 : 재미슨 스퀘어,
- 아래 : 월러멧 강변

# 내쉬빌 스카이라인 랙

Nashivill Skyline Rag

1.

데이즈 인 호텔로 돌아온 나는 배낭을 내려놓았다. 디카도 내려놓았다. 하지만, 마음을 내려놓는 대신 포틀랜드의 라디오 FM 104를 틀고 거기서 흘러나오는 음악에 기대고자 했다. 라스트 트레인 투 런던Last Train To London 이 흘러나왔다. 저게 누구지? 또 가물가물해진다. E.L.O? 그렇지. 일렉트릭 라잇 오케스트라Electric Light Orchestra였었지. 눈부신 별빛이 부서져 내리는 듯한 사운드의 미드나잇 블루Midnight Blue를 여자들이 좋아했었는데. 나는 내 마음을 라디오 스피커에서 흘러나온 음악의 강물 위에 슬그머니 띄워 놓는다.

하지만, 70년대 초반 최고의 러브 송 중의 하나였던 도노반Donovan의 아이 라잌 유I Like You가 들려오자 나는 버려진 아이처럼 음악에서 벗어나 홀로 앉아있었다. 비감한 생각이 들었던가? 그랬을 것이다. 나는 서울과 멀리 떨어진 포틀랜드의 호텔방 한구석에서 혼자 조그맣게 앉아있었다. 무의

미한 전화통화들, 끝없이 날아오는 고지서들, 스팸메일들, 날 보는 시큰둥한 시선들, 자주 아슬아슬한 마이너스 통장의 잔액들, 앉으나 서나 돈만 생각하는 사람들, 가난한 사람들을 가장 싫어하는 가난한 사람들, 쫓기지 않고 살려고 이 나무 저 나무를 찾아다녔지만 결국 아무 열매도 얻지 못한 원숭이처럼 늘 쫓기고야 말았던 나의 나날들, 어느새 나이 들어 이젠 젊은 사람들과 아무런 대화를 나눌 수 없는 내 마음, 아니 그 누구와도 충분한 대화를 나눌 수 없었던 갈증들, 가능한 한 피하려는 대화들, 단 한 번도 내 집을 가져보지 못한 무주택자 신분의 나, 그리고 단 한 번도 내 집을 가져 보려는 굳센 마음이 없었던 나의 지난날들, 돈이 생기면 몇 달치 혹은 5~6개월치 월세를 미리 선급으로 낸 다음 한동안 부자 된 심정으로 지냈던 날들의 이런 모든 서울에서의 내 모습을 나는 남겨두고 떠나왔다.

가능한 한 그들과 결별하고 싶었지만 끈덕지게 따라붙는 나의 불운들, 어떻게 살아가야 할지 도무지 알 수 없는 1954년 이후의 내 인생들, 그렇다. 난 알 수 없는 자였구나. 난 알지도 못하고 왜 삶을 알지도 못하는지조차도 알지 못한 채 그냥 매일 매일 닥치는 대로, 덮쳐오는 파도에 휩쓸려 실종되지 않고자, 허둥지둥 바쁘게만 살았고, 그런 바쁨이 언젠간 나를 구원해 줄 줄 알았던 정말 철없던 남자였구나 란 것을 난 조금씩 깨닫고 있었다. 서울에 다 내려놓고 온 줄로만 알았던 그것들은 문득 데이즈 인 호텔방에서 어느새 태평양을 건너와 내 앞에 진을 치고 있었다. 내 발목을 다시 잡으려 하고 있었다.

FM 104를 틀어 놓고 잠이 들었다. 아련하게 밥 딜런Bob Dylan의 바람만이 아는 대답Blowin' In The Wind의 라이브 버전이 들려왔다. 하모니카가 외로웠다. 이윽고 기타가 들려왔다. 아주 조심스러웠다. 영혼의 초대장처럼. 밥 딜런은 전체를 준다. 조각이 아니다. 자신의 모든 것을 허공에 던진다. 빗방울처럼, 바람처럼 말이다. 그것이 밥 딜런이다. 그를 위대하다고 말하는 것은 잘못됐다. 그는 그 이상이다. 그는 전쟁을 지속하는 모든 인류에 의문을 던졌다. 얼마나 많은 포탄이 날아다녀야 전쟁은 끝날까? 라고. 그리고 그 대답은 자신의 친구 불어가는 바람 속에 있다고 답했다. 나는 밥 딜런이라는 빗방울을 내 가슴 위로 느꼈다. 나는 밥 딜런이라는 바람에 마음 아팠다.

포틀랜드의 햇살이 나뭇가지마다, 나뭇잎마다 투명하게 빛나고 있었다. 좀 늦잠을 잤던 것 같다. 방안은 따사롭게 빛났다. 잘 웃지 않는 여자의 미소 같았고, 그녀의 맑은 손가락 안의 실핏줄이 햇살 속에 다 드려다 보일 만큼 환한 순간이었다. 불현듯 92년 첫 미국 음악여행 때의 내쉬빌 방문을 생각해 냈다.

내쉬빌 여행에서는 작곡가 방기남 선배가 소개해준 장로님의 도움을 받았다. 내쉬빌 공항에 장로님의 딸이 마중 나와 있었다. 그녀는 예쁘장한 멕시코 소녀 같았다. 밴을 타고 나왔고 그 차로 내쉬빌을 달렸다. 그녀는 거의 말이 없었다. 묵묵히 앞만 보며 운전 중이었다. 단순한 흰 티와 청바지와 역시 단순한 갈색 샌들이 전부였다.

내쉬빌의 집들은 정갈했고 단정했다. 길가 어느 카페 앞에서 오전 11시쯤이었는데도 카우보이 모자를 쓴 컨트리 싱어가 노래를 하고 있었다. 커다란 통기타를 치며 온몸을 앞뒤로 흔들며 리듬을 타고 있었다. 존 바에즈, 피터 폴 앤 메어리, 브루스 스프링스틴 등이 노래했던 인권운동의 주제곡으로 불리는 우리 승리 하리라We Shall Over Come였다. 벽을 넘어, 달팽이 껍질 속의 안락을 넘어 하늘을 나는 노래였다. 바람이었다. 우리는 승리하리라. 손잡고 함께 있음을 굳게 믿고, 우린 두려움 대신 평화를 누리리라. 그는 리듬의 배를 타고 어디로 가는 것일까?

차창 밖 라이브 카페를 뒤로하고 밴은 구부러진 길을 돌아 노랫소리와 멀어지고 말았다. 짤막한 대화를 통해 그녀에 대해 알게 된 것은 그녀가 가을학기부터 아이비리그 중 하나인 브라운 대학에 입학하고자 부모 곁을 떠난다는 사실이었다. 그녀는 공부를 잘하는 여학생 같았다. 한눈 같은 거는 아예 팔지 않는 책만 즐기는 여학생 같았다. 그래서인지 그녀는 나를 볼 때도 마치 책꽂이에 꽂힌 책을 바라보듯 그렇게 순수한 정신적 시선이었다. 지금 생각해도 그 시선이 참 아름다웠다는 생각이 들었다. 그녀의 집은 2층 집이었고, 넓은 대지 위에 지어져 있었다. 그 대지 위에는 빈틈없이 푸른 잔디가 푸르게 자라고 있었다.

"여기는 낮에 너무 더워서 늘 에어컨을 켜 놓고 살아요. 집에서 외출할 때도 꼭 에어컨을 켜놓고 나가요. 그러지 않으면 집이 뜨거워져서 그날 밤 잠을 못 자거든요."

그녀는 책 속의 감정 없는 활자들처럼 또박또박 말했고, 내가 묵을 2층 방을 안내해 주었고, 샤워실도 알려 주었다. 저녁때 일터에서 돌아온 장로님 부부와 함께 식사했다. 음식은 푸짐했고 한식이었다. 흔히 여행자들이 말하는 집에서 먹는 밥 같은 여행 중의 한 끼였다. 장로는 해병대 출신이라했고, 분위기를 편안하게 해 주는 분이었다.

"브리지스톤 아시죠? 세계적인 타이어 회사. 거기 다니고 있어요."

"아하, 그렇습니까?"

"내쉬빌엔 공장이 없어요. 브리지스톤 그거 딱 하나예요. 일부러 공장을 안 짓죠. 환경을 아주 소중히 여기거든요. 그리고 미국 사람들 본받을 게 하나 있는데 처음 미국에 와서 얼마 안 됐을 땐 데, 퇴근길에 도로공사를 하는 거예요. 그러니 차가 많이 막혔죠. 그런데 그 공사를 6개월이나 끄는 거예요. 한국 같았으면 대충 며칠 만에 끝냈을 것 같은데. 그래서 하루는 어떤 도로를 만들기에 이렇게 오래 공사를 하나 봤더니 아, 글쎄 기초공사를 1미터나 하더군요. 참, 대단해요. 한번 할 때 제대로 하는 거죠. 느리더라도, 그게 미국이에요.

"아하, 참 대단하네요."

나도 감탄했다. 이튿날 나는 늘 책 읽는 여자 같은 그녀의 도움을 받기로 했다.

"어디 가고 싶은데 없으세요?"

"방기남 선배님도 소속돼 있는 미국 컨트리 협회 회장을 만나고 싶은데요?"

"왜요?"

"컨트리뮤직이 궁금해서요."

"아, 그래요? 한국에서 오신 분 중에 그런 만남 원하는 분은 선생님이 처음인데요?"

그녀의 입가에서 모처럼 미소가 살짝 번져갔다. 마치 물새 한 마리가 잔잔한 강물 위에 잠시 파드닥하고 내려앉았다가 얼른 날아가는 것 같았다. 그녀는 전화번호 안내원에게 전화를 걸어 컨트리뮤직 협회를 찾았고, 협회 사무실 직원을 통해 컨트리뮤직 협회장 전화번호를 알아냈다.

"이제 어떡하죠?"

"전화를 걸어 보세요."

"그래서 뭐라고 하죠?"

"오늘 만나고 싶다고요. 한국에서 찾아온 방송작가인데 인터뷰하고 싶다고요."

"갑자기 만나는 건 실례 같은데……."

"괜찮아요. 일정이 너무 짧아서. 미안하지만 부탁해 보시죠."

나는 한국식으로 만남을 요청하는 셈이었다. 그녀는 잠시 생각하더니 오케이하고 전화를 걸었다. 전화를 끊으며 그녀가 밝게 웃으며 말했다.

"됐어요. 오늘 오후 3시에 집으로 오래요. 뜻밖인데요? 미국 사람들 미리 예약 안 하면 만나기 어려워요."

나는 가만히 웃기만 했다. 컨트리뮤직 협회장 집은 마치 어린 시절 동화책 속에 나오는 그런 집 같았다. 초인종을 누르자 회장이 문을 열어 주었다. 빨간 카디건의 회장은 꽃밭 속에서 불쑥 솟아올라 우릴 환영하는 꽃의 요정 같았다. 내쉬빌의 햇살이 창가로 환하게 들어오는 푹신한 소파에 앉아 인터뷰했다. 회장은 컨트리 명곡 – 새들 왜 노래해? 별들 왜 빛나? 파도 왜 달려와? 내 사랑이 끝났고 세상도 끝이 났는데, 왜 변함없이 세상이 돌아가고 있지 하는 – 디 엔드 어브 더 월드The End Of The World를 노래한 스키터 데이비스Skeeter Davis와 함께 듀엣을 했었다고 자신을 소개했다. 우린 꽤 많은 질문과 답을 나누었다. 그 중 이 대답이 가장 기억에 남았다.

"컨트리뮤직은 어떤 음악입니까?"

"컨트리뮤직은 사람들을 하나님께 한 발자국 더 가깝게 안내하는 평화의 음악입니다."

그날 저녁, 장로님 가족과 함께 식사를 마치고 나자 그녀가 물었다.

"밤엔 갈 데 없나요?"

"부탁해도 괜찮나요?"

"그럼요. 아빠가 아주 아주 많이 도와 드리래요."

"도심에 블루 버드란 라이브 카페가 있어요."

"어? 그래요?"

"거길 갔으면 해요."

"그럴까요? 일단 밤의 외출이니까 아빠에게 여쭤 보고요."

장로님은 밤이니까 위험할지도 모른다면서 함께 따라나서 주었다. 30분쯤 밤길을 달려 블루 버드Blue Bird에 도착했다. 술 안 마시고 찬송가 외의 음악은 듣지 않는다는 장로님과 그녀는 다시 집으로 돌아갔고, 나만 블루 버드 안으로 들어갔다. 사람들이 꽤 많았다. 동양인은 나 혼자뿐이었다. 대부분 백인 남녀들이었고, 20대부터 40대까지 다양한 세대의 관람객들이었다. 아일랜드 여자가 통기타를 치며 노랠 불렀다. 검은 원피스의 아일랜드의 포크 싱어는 애조 띈 노래들을 불렀다.

포틀랜드의 아침에 내쉬빌의 추억을 떠올리다니, 아마도 포틀랜드 날씨가 내쉬빌과 비슷한 점이 있어서인 것 같았다. 10여 년 전 그때도 6월이었고, 지금도 6월이다. 6월은 뭉게구름이 좋은 달. 많이 돌아다녀도 그다지 땀방울이 솟지 않는다. 바람은 아직 뜨겁지 않고, 하늘의 뭉게구름은 내 꿈들을 풍성풍성 자극한다.

● 포틀랜드 교통 표지판

● 내쉬빌의 라이브 클럽 블루 버드의 아일랜드 싱어

# 성자들의 행진

When The Saints Go Marching In

어떤 이는 이 고통스런 세상이
우리에게 맞는 유일한 곳이라고 말하지만
난 새로운 세상이 열리는 그 아침을 기다릴 거예요.

1.

호텔을 나서서 천천히 걸었다. 거리엔 푸른 꽃들, 6월의 나무들이 평온했다. 나무들은 잎사귀들을 수북이 달고 있었다. 언젠가 그림을 맺는 나무를 본 적이 있다. 실제가 아니라 어느 화가가 그린 그림이었다. 그림을 맺는 나무, 그 나뭇가지에서 열매 대신 그림이 열리고 있었다. 풍경화도 열리고, 추상화도 열리고, 아마 꿈 많은 화가 자신의 상징이었던 것 같다. 나는 무엇을 맺는 나무인가? 문득 생각해 본다. 오랫동안 방송 작가를 하면서 35만 장의 원고를 써 왔고, 십 여권의 책을 냈으니 글을 맺는 나무인가? 왠지 조금 간지럽다. 아직 나는 미완성, 아직 내 색깔을 찾지 못한 것이다. 누군가 내게 너 누구지? 라고 물었을 때 단 한 마디로 짧게 난 누구요! 라고 답할 수가 없다.

　어린 시절 날 좋아하는 친구가 있었다. 그 아이는 난쟁이였다. 머리가 컸고 아이답지 않게 흰머리가 많았다. 그 아이는 거인국에 온 걸리버처럼 종종걸음으로 친구들과 어울리곤 했다. 그 아이가 내 집에 어찌나 오고 싶어 했는지 결국 그 아이와 함께 내 집에 온 적이 있었다. 내 집안에는 아들만 5형제가 있었다. 내가 4남이었고, 덕분에 우린 밖으로 안 나가도 집 안에서 숨바꼭질, 땅따먹기 등 어지간한 놀이는 거의 다 해결할 수 있었다. 아무튼, 그날 친구를 데리고 온 내가 보인 행동은 그와 함께 놀아주기가 아니었다. 나는 친구와 놀아주는 대신 큰 형 책장 안에 꼽힌 책을 꺼내어 읽기 시작했고, 그 친구는 내 형제들과 한참을 놀다가 저녁을 먹고 가 버렸다. 난 그렇게 책을 좋아했다. 밥보다 책이 더 좋았다. 책들은 저마다 하나의 나라였다. 책을 펼치면 그 나라는 내 눈앞에 짠하고 펼쳐졌고 난 그 공간으로 어느새 잠입해 들어갔다. 그 시절 술 좋아하는 외삼촌이 우리 집에 자주 놀러 왔다. 하루는 외삼촌이 내게 물었다.

"넌 커서 뭐가 되고 싶니?"

난 갑자기 부끄러웠다. 그래서 가만히 있었다. 형제들이 쫙 둘러서서 날 보고 있었다. 이렇게 사람이 여럿인데 내 소망을 말하다니, 난 얼른 내 마음의 문을 닫았다. 그러자 내가 말하길 꺼린다는 눈치를 챈 외삼촌이 살그머니 내 귀에 대고 속삭였다.

"야, 너 커서 뭐가 되고 싶니?"

그래도 내가 멈칫거리자 외삼촌은 더욱 작은 소리로 속삭였다.

"괜찮아. 외삼촌한테만 살짝 말해. 아무도 안 듣게. 여기, 이 외삼촌 귀에다만 작게 말해. 알았지?"

난 그 아무도 안 듣기란 말에 힘입어 결국 외삼촌의 귀를 잡아당겨 그에게 이렇게 말해 주었다.

"소~설~가."

그때 휘둥그레진 외삼촌의 눈은 그야말로 화등잔이요 깜짝 놀란 황소 눈이었다. 외삼촌은 마치 뜨거운 무엇에 크게 덴 사람처럼 내게서 잠시 떨

● 포틀랜드의 브로드웨이 커피숍

어지며, 어딘가 전율을 일으키는 사람처럼 온몸을 분명히 순식간에 떨었다. 날 둘러보던 형제들은 내가 외삼촌에게만 고백한 나의 소망을 듣지 못했지만 아무도 궁금해 하지 않은 채 어느새 흩어져 갔다.

공원이 나타났다. 포틀랜드의 허파였다. 바람은 낯선 여행자에게 얼른 손을 내밀어 반겼다. 나무들도 헛기침하며 반기고 있었다. 햇살이 가장 밝은 나무의자 위에 벌렁 누웠다. 빛 속의 남자. 눈을 감고 햇살을 만끽하고 있었다. 온몸으로 꿀꺽꿀꺽 햇빛을 마시고 있었다. 그렇다. 난 아무도 모르게 조용히 햇빛을 마시고 싶었던 것이다. 언젠가 인도에 나 홀로 여행을 간 방송작가 후배 하정아가 내게 이메일을 보내왔었다. '선배님. 나 외로워서 너무너무 좋아요. 사람이 그리워서 뱅뱅 도는 외로움 말고, 나는 나 혼자 갖는 시간이 이렇게 그리웠었구나를 깨달으며, 움푹 파인 이 속에 있으니 너무너무 좋아요.' 라고. 아마도 지금 나 역시 누군가에게 이메일을 보낸다면 '난 너무너무 좋다. 혼자 햇살을 질펀하게 먹고 마시고 있으니.' 라고 말해 줄 것 같았다. 그리고 보니 포틀랜드의 공원 같은, 공원 안의 햇살 같은, 바람 같은, 나무 같은, 조용함 같은 여자가 있다면 난 반드시 결혼할 수 있을 것 같았다. 하지만, 명리학 하는 신비라는 이름의 사람은 내게 사주팔자를 봐 주면서 '사주팔자에 결혼이 없어요. 여자는 많은데……' 하고 말끝을 흐렸었다. 그래서일까? 언젠가 나와 헤어지면서 그녀가 말했다. '이제 알겠어요. 당신이 누구인지. 당신은 결혼 앞에 서면 망설이는 남자예요.'

　두 눈을 감고 햇살을 즐기는데 감은 두 눈 사이로 공원의 키 크고 커다란 나무들이 바람이 불어갈 때마다 잎사귀를 흔들었고, 그 그림자가 잭슨 폴락의 추상화처럼 기분 좋게 내 두 눈을 간질이고 있었다. 그림은 끊임없이 변화하고 있었다. 시시각각 색깔이 달라졌고 나무 잎사귀 같다가 사람들

● 포틀랜드 공원

이 무리지어 달려가는 것 같기도 했고, 무언지 모르지만 기분 좋은 그림자이기도 했다. 포틀랜드의 햇살을 눈감고 바라보면 그것은 이처럼 추상화였고, 재즈적이었다. 재즈의 아버지 루이 암스트롱에게 한 아이가 물었다.

"재즈가 뭐죠?"

루이 암스트롱은 아이에게 이렇게 말해 주었다.

"얘야, 재즈가 뭐냐고 묻는 한 넌 영원히 재즈를 알 수 없단다."

난 루이의 말에 수긍한다. 재즈가 무엇인지 수많은 해설이 가능하겠지만 그 순간 재즈는 사라진다. 어느 기타리스트가 재즈 기타를 연주하고 있었다. 너무나 기가 막힌 연주를 듣다가 재즈 평론가가 말했다.

"아, 그거. 조금 전 그거, 다시 한 번만 들려 주세요. 아주 좋았어요."

그러자 연주자는 이렇게 대답했다.

"몰라요. 난 내가 어떤 걸 쳤는지 기억할 수 없어요. 내 연주는 그 순간에만 존재하죠."

하긴, 나도 한때, 재즈가 궁금했고, 재즈가 태어난 곳을 가보고 싶었다. 그래서 92년 음악여행 때 뉴올리언스에도 갔었다. 그곳에선 가수 조영남 형의 소개로 한국인 태권도 사범이 도움을 주었다. 사범은 내게 바다만큼이나 큰 포차트레인 호수를 건너는 커스웨이 브리지를 달리며 이런 말을 해 주었다.

"뉴올리언스에는 바다가 없어요. 바닷가에 있지만 바다에 접근할 수 없는 지형이죠. 그래서 바다가 보고 싶으면 여길 오곤 해요."

호수는 백지 같았다. 창백한 여인 같았다. 아무런 감정의 동요가 없는 그래서 파도가 없는 호수의 여인이란 말이 생각났다. 사범의 말이 또 이어졌다.

"뉴올리언스엔 여름에 비가 엄청나게 많이 옵니다. 시내가 매년 여름마

● 버번 스트리트에서 탭 댄스를 추는 소년　　　　　　● 뉴올리언스 루이 암스트롱 공원의 그의 동상

다 물에 잠겨요. 허리까지 차는 게 보통이죠. 도시 자체가 저지대라서. 그래서 언뜻 생각하면 다른 도시로 이사할 것 같지만 그러질 않아요. 나 역시 마찬가지이고.”

　　홍수의 여름, 뉴올리언스. 하지만, 다른 곳으로 떠나지 않는 뉴올리언스의 사람들. 아마도 그들은 이미 재즈란 또 하나의 세계로 영혼의 이주를 했기 때문에 새삼 떠날 필요를 못 느끼는 것은 아닐까. 그래서 스스로 재즈라는 리듬의 바다를 만들었고 그 재즈를 통해 긴 장마의 여름날 뉴올리언스에 햇살을 공급해 왔을 것이다. 그날 밤에 뉴올리언스 도심의 핵심, 온 세상 사람들이 꼭 한번 가보고 싶어 하는 거리, 버번 스트리트에 갔다.

자유로운 음악의 물결이 넘실거렸고 발코니가 있는 옛 프랑스풍 2층 건물들이 나직나직하게 양쪽 길가에 즐비했다. 그 길 한가운데로 관광객들의 느긋한 재즈 산책이 평화로웠다. 버번의 시작은 비엔빌 스트리트Bienville St.였고 버번의 끝은 세인트 앤 스트리트 St. Ann St.였다. 태권도 사범 부부가 자신들은 재즈엔 별 관심이 없다면서 나를 내려주고 간 후 나는 황홀하게 버번을 바라보고 있었다. 나는 버번의 심장 속으로 파고들었다. 버번의 음악은 다양했다. 컨트리가 있는가 하면 블루스와 록도 있었다. 재즈라는 단일품목 갖고는 아무래도 많은 관광객을 만족하게 하기가 어려웠으리라. 아무튼, 버번 스트리트 그 길가의 모든 1층에서는 모조리 라이브 연주가 가동 중이었다. 버번에서 인디언도 보았고 연인들도 보았다. 버번의 어깨너머 빛나는 뉴올리언스의 별빛도 보았고 어디선가 금세라도 루이 암스트롱이 뛰어나와 신명나게 트럼펫을 연주할 것만 같은 기대감도 떨칠 수가 없었다.

그렇게 몇 번쯤 버번 스트리트를 오가면서 나는 어느 클럽의 뒷마당 노천 클럽에서 오티스 레딩Ottis Redding의 부둣가에 앉아Sitting On/The Dock Of The Bay를 부르는 젊고 매끈한 몸매의 흑인 가수를 보았다. 동전통을 앞에 놓고 탭댄스를 추는 흑인 소년들도 보았다. 어느 바에선 맥주도 마셨다. 그리고 돌아가기 위해서 버번의 남쪽 끄트머리에 있는 작은 광장, 그 광장 한편에 서 있는 몹시 낡은 극장 앞에서 20대 중반쯤 돼 보이는 프랑스나 스페인 계통의 유럽과 흑인 사이의 혼혈여자를 보았다. 그녀의 눈동자는 어리면서도 성숙했고, 그녀의 몸매는 순결하면서도 육감적이었다. 그녀는 검고 푸르게 빛났다.

2.

나는 뉴올리언스의 회상을 더듬다가 공원 나무의자에서 눈을 떴다. 그리고 천천히 일어나 정갈한 햇살을 받으며 한동안 멍하니 앉아있었다. 햇살은 내 온몸을 구석구석 만져주는 손길 같았다. 나는 아주 오래전 그러니까 77년이었다. 종로 2가의 어느 교회 마당에서 한동안 경건함을 느끼다가 그 교회에서 빠져나와 종로서적 쪽으로 가려고 지하도 계단을 올라갔었다. 밖으로 나오자 환한 봄 햇살이 있었고, 그 순간 나도 모르게 그토록 만들고 싶었던 가스펠 송의 가사와 멜로디가 동시에 내 입에서 단숨에 완성되어 굴러 나온 적이 있었다.

무거운 발걸음 내어 딛게 하는 이가 있어라.
외로운 눈물을 삼키게 하는 이가 있어라.
주님의 손길은 햇살일까?
주님의 얼굴은 하늘일까?
감기는 두 눈을 반짝이게 하는 이가 있어라.
상처 난 영혼을 어루만져 주는 이가 있어라.

그 가스펠 송은 이후 내가 몸담았던 포크 앤 가스펠 창작 모임 '참새를 태운 잠수함'에서 사랑받았었다. 나는 참새 시절을 얼핏 떠올렸으나 본격적인 회상으로는 들어가시 않았다. 대신 발길을 옮겨 포틀랜드 주립대학 방향으로 서서히 걷기 시작했다. 포틀랜드가 속한 오리건 주는 주민들이 제안한 법률을 투표에 부칠 수가 있다고 한다. 나는 그 점이 참 마음에 들었다. 포틀랜드 주립대학 안으로 들어섰다. 울창한 나무들이 날 반겼다. 알지 못하고 찾았으나 우연하게도 잔치가 벌어지고 있었다. 포틀랜드 주변의 농장과 목장에서 나온 농축산물들이 대학 광장 안을 가득 채우고 있었다. 광장 한가운데 포크 트리오의 공연이 벌어지고 있었다. 예전 피터 폴 앤 메어리Peter Paul & Mary 스타일이었다. 그들 다음 순서는 라틴 밴드였다. 팬플루트와 타악기, 기타가 등장했다.

음악을 듣다 배가 출출해져 잔치광장에서 파는 식빵과 수프를 사 먹었다. 두툼하고 커다란 식빵 속을 비워낸 다음 거기에 토마토 수프를 잔뜩 부어 주었다. 생수도 한 병 사서 그 빵과 함께 나무그늘 아래 잔디밭에 앉아 맛있게 다 먹어 치웠다. 그런 다음 작은 꿀 한 병을 샀고 그렇게 한 바퀴를 돌다 음식잔치를 빠져나왔다.

버스를 타고 도심으로 나갔다. 파웰스 북스Powell's Books를 찾았다. 서점 안을 둘러보다가 음악 코너로 갔다. 지미 헨드릭스, 마돈나, 비틀스, 에릭 클랩턴, 밥 딜런, 롤링 스톤스, 퀸 등의 사진집, 악보, 전기, 기타교본, 재즈, 블루스, 록, 포크 관련 서적들, 클래식 관련 악보와 서적들이 풍요로웠다. 309쪽짜리 호텔 캘리포니아Hotel California란 책을 한 권 구입했다. 노란 기타와 얼굴이 안 보이는 맨발과 청바지의 남자가 커버 디자인이었다. 작가는 내가 모르는 바니 호스킨스Barney Hoskins. 티치 유어 칠드런Teach Your Children, 헬프리스Helpless를 불렀고 포크록의 지평을 확장시킨 진정한 4인방 데이비드 크로스비, 스테픈 스틸즈, 그래함 내쉬, 닐 영, 더 서클 게임The Circle Game이란 노래를 세상에 공급했고 상상 하늘 같은 싱어 송 라이터 조니 미첼, 돼지를 끌고 산책하던 유브 가러 프렌드You've Got A Friend의 제임스 테일러, 잭슨 브라운, 캘리포니아의 뜨거운 태양과 차가운 바다를 동시에 지닌 목소리, 롱 롱 타임Long Long Time의 린다 론스타드, 언 플러그드 콘서트로 완벽하게 부활에 성공한 이글스 그리고 이들의 많은 음악친구에 관한 책이었다. 나의 스무 살 시절을 위로해 주었던 사람들이다. 그렇다. 그들의

●위 : 포틀랜드 노천 카페
●아래 왼쪽 :  포틀랜드 주립대학 안의 나무.
　베어낸 자리가 마치 눈동자 같다.
●아래 중간 :  음식축제의 라틴 음악인
●아래 오른 쪽 : 포틀랜드의 대형 서점 파웰스 북스

음악들이 없었다면 난 아마 자살했을지도 모른다.

파웰스 북스를 나오자 바람이 산들거렸다. 바람은 가로수 나뭇잎들을 흔들며 지나가고 있었다. 바람은 포틀랜드 번스 사이트 스트리트의 가로수 잎들을 물결쳐갔다.


3.

나는 어제저녁 중국 레스토랑에서 먹고 남아 싸 온 볶음밥을 호텔방에서 생수와 함께 먹고 마셨다. 배가 적당히 불렀다. 쾌적한 아침이었다. FM 104를 들으며 호텔 방 안으로 찰랑대며 쏟아져 들어오는 6월의 포틀랜드 햇살을 받으며 나는 그제 서야 문득 '아, 오늘이 일요일이지, 그렇다면, 교회에 가야지.'라고 생각했다. 교회 앞에서 만났던 포틀랜드 한인교회(503-227-7628. Cafe.daum.net/pdxkc)의 여성 신도가 꼭 와서 한국 음식 먹으라고 했는데 가 봐야지 하고 생각했다. 샤워를 마치고 오전 10:30, 2부 예배에 늦지 않으려고 약간 서둘러 나갔다.

교회를 찾은 신자들은 예상보다 적었다. 20여 명쯤 됐을까. 교회는 크고 좋은데 고풍스런 돌 건물이 참 좋은데 신자들이 너무 적었다. 나는 적당히 뒷자리에 앉았고 내게 꼭 오라고 초대의 말을 건넨 여자는 전도사였다. 배종덕 담임목사는 하나님께서 날 사랑하신다는 그 자체가 곧 축복이라는 요지의 설교를 들려주었다. 예배 막바지에 목사는 오늘 처음 이 교회에 왔고 여행 중인 방송작가라면서 날 일으켜 세웠고 박수가 쏟아졌다. 민망하기도 했고 감사했다. 교회 지하에서 점심한다면서 여성 전도사가 날 또 안내했다. 나는 원로 목사 앞에 앉게 됐다. 원로 목사가 내게 이런 말을 들려주었다.

"성경 중엔 레위기가 가장 중요합니다. 꼭 읽어 보세요. 그리고 질문하신 것처럼 포틀랜드 한인교회에 신도들이 없는 이유는 이렇습니다. 한국 사람들이 미국에 오면 두 사람만 모여도 교회를 만든다는 얘기가 있습니다. 여기 포틀랜드 지역만 해도 한인교회가 30여 갭니다."

나는 여행자를 따뜻하게 초대해 주었고, 또 오랜만에 맛보는 잡채와 된장국을 비롯한 한국 음식에 감격했다. 그리고 교회 사람들에게 감사하다고 말한 다음, 여성 전도사에게 특히 더 감사함을 표하고 교회 밖으로 나왔다.

나는 다시 도심을 향했다. 그곳을 걸으며 사진을 찍었고 전시회를 보았고, 유모차를 밀고 가는 백인 부부를 보았다. 가로수 나무기둥을 사진 찍었다. 가로수 나뭇가지를 베어낸 흉터에서 그 도시를 지키는 나무들의 눈동자를 보았다. 예쁜 건물들도 찍었고 내 마음을 흔드는 풍경들도 찍었다. 그러다 배가 출출해져 포틀랜드에서 본 음식 마켓 중에선 가장 커 보이는 홀 후즈 마켓WHOLE FOODS MARKET에 들어갔다. 신선한 과일들이 작은 언덕처럼 쌓여 있었고, 빵과 커피가 산더미였다. 커피와 빵과 과일을 사들고 가까스로 빈 테이블을 하나 찾아 앉았다. 그리고 곧장 나의 배고픔을 달랬다. 다시 사진을 찍으며 미친 듯 돌아다녔다. 펄 지역의 재미슨 광장Jamison Square의 노천 계단에 앉아 휴식하는 사람들을 바라보면서 잠시 앉았다. 그러다 홀 후즈 마켓에서 갖고 온 무가지를 찬찬히 들여다보며 볼만한 공연을 찾았다.

내일이면 난 포틀랜드를 떠난다. 어느새 4박 5일의 여행이 끝나는 것이다. 음악 카페들이 잔뜩 있었지만 알라딘 극장www.aladdin-theater.com이 가장 품질 좋은 곳 같았다. 위치는 밀워키였다. 호손 브릿지Hawthorne Bridge를 건너야 했다.

격정을 사랑하는 록 컨트리 밴드 리틀 리버 밴드의 콘서트는 꼭 보고 싶었지만 내가 떠난 6월 26일 저녁이 공연 날이었다. 밥 딜런의 정신적 아버지 우디 거스리의 아들 알로 거스리의 공연은 27일, 모레였다. 인연이 안 닿는다. 우디 거스리는 가난한 미국 노동자의 이야기를 작은 라이브 클럽을 돌며 그냥 노래했다. 하고 싶은 말들을 다 노래했다. 이 땅은 너의 땅This Land Is Your Land에서 분명히 노래했다. 신의 축복을 받은 이 땅은 당신의 땅이라고. 그는 늘그막에 많이 아팠다. 그 병상에 밥 딜런이 문병을 갔었다. 우디는 딜런에게 자신의 병원 가까운 곳의 집에 가서 자신이 만들어 놓은 악보들을 갖고 가 노래하라고 했다. 하지만, 밥 딜런은 그러지 않았다.

나는 오늘 저녁 공연 옐로우맨 앤 더 새지태리우스 밴드Yellowman & The Sagittarius Band의 공연을 보기로 했다. 선글라스를 쓰고 어떤 산을 배경으로 찍은 옐로우 맨은 루 리드처럼 강하진 않았지만 그런대로 록 적인 요소가 있었고 데이비드 보위처럼 신비롭진 않았지만 그런대로 음악가 냄새가 났다. 나는 호텔에 들러 배낭을 내려놓고 홀가분하게 알라딘 극장을 찾기로 했다. 버스를 탔다. 버스 기사는 상당히 불친절했다. 마누라가 바람이 났나? 생각했다. 그는 내가 밀워키를 간다고 했는데도 미친 척하고 밀워키에서도 한참을 더 간 곳에서 날 내려주고 떠났다. 일부러 날 골탕먹인 것 같았다. 허허벌판에서 민가를 찾아 걸었다. 주택가가 나왔다. 어느 멕시칸에게 알라딘 시어터를 물었다. 그는 시멘트를 개며 주택을 수리하는 중이었다. 하지만, 나를 위아래로 쓱 한번 훑더니, 하던 일도 내 버려둔 채 자기 차로 날 데려다 주는 친절을 베풀었다. 그의 차 뒤에는 아기를 위한 안전좌석이 설치돼 있었다. 자동차를 달려 어느 사거리 주유소 앞에서 그가 날 내려 주었다. 그에게 감사의 표시로 30달러를 건넸다. 하지만, 그는 끝내 받지 않았다. 웃으면서 가버렸다. 주유소 건너편이 바로 알라딘 극장이었다. 옐로우 맨 티켓을 한 장 샀고 시간이 아직도 넉넉해 근처 동넬 구경하기로 했다.

사진도 찍고 구경도 하다가 어느 마켓엘 들러 생수를 한 병 사는데 주

● 포틀랜드 한인 교회 게시판

| Friday | 8:00pm |

임목사 배종덕
astor Rev. James C. D. Bae
3 Clay St. Portland, OR 97201
ffice (503)227-7628
astor (503)244-4971

● 멕시코 노동자는 친절하게 알라딘 극장까지 차로 안내해 주었다.

인 부부가 한국인들이었다. 부부싸움을 하고 있었다. 생수를 계산대 앞에 내려놓으면서 '한국에서 오셨어요?' 라고 묻자 그제서야 깜짝 놀라며 겸연쩍어했다.

"어머, 한국분이 아닌 줄 알고 우리가 부부싸움을 했네요. 미안해요."

마켓에서 114쪽짜리 포틀랜드 지도책 한 권을 11달러 95센트에 생수와 함께 구입했다. 나는 다시 돌아와 알라딘 극장 바로 옆의 바로 갔다. 그리고 그곳에서 이런 시를 써 나갔다.

여기는 밀워키의 작은 바 Lamp
미 북서부의 약간 외진 곳이다.
내가 들어서자 안경 쓴 붉은 꽃무늬 아가씨
혼자서 피자를 먹고 있다.

휠체어를 탄 장애인 백인 남자가
내게 눈인사한다.
조금 사납고 고집스런 작은 수소 같은
그가 캔 맥주를 마신다.

목 뒤엔 고양이, 팔뚝엔 신사,
손목엔 별들의 오색문신을 한 램프의 웨이트리스
내게 메뉴를 내민다.

TV에서 푸른 유니폼의 UNC가 공격 중이고
붉은 유니폼의 OSU가 실투를 한다.

그 누구도 내게 어디서 왔느냐고 묻지 않았고
그 누구도 내게 어디로 가느냐고 묻지 않는다.
강판당한 투수가 자신의 모자를 힘껏 내팽개친다.
나는 마치 버려진 사람 같다.
나는 서울에서 떠나왔고 풍부한 자유다.

그날 밤 알라딘 극장에서의 옐로우 맨은 그리 좋지 않았다. 답답한 공연이었다. 옐로우 맨의 음악은 레게였으나 뚜렷한 게 없었다. 흔히 말하는 우구작 사운드였다. 장애인은 휠체어를 탄 채 극장 복도에서 공연을 봤고 나를 향해서 묵직한 시선으로 엄지손가락을 들어 보였다. 나는 객석이 많이 비어 있는 극장 뒤편에서 그래도 끝까지 공연을 지켜봤다. 다행히 호텔로 돌아가느라 버스를 기다리는데, 올려다본 밤하늘 별들이 참 맑게 빛났다.

# 내가 사랑에 빠질 때

When I Fall In Love

그리고 당신이 느끼는 것을
나도 같이 느끼는 그 순간이
내가 당신과 사랑에 빠지는 때지요.


1.

포틀랜드의 마지막 밤이 아쉬웠다. 어디 가서 한잔할까 생각도 했으나 내키지 않아 잠을 청했다. 아침 일찍, 택시를 타고 포틀랜드 국제공항을 향했다. 공항에 도착하니 시애틀행 비행기를 타기까지는 두 시간쯤 남아있었다. 나는 활주로가 잘 보이는 공항 커피숍에 앉아 커피를 마셨다. 커피숍 한편에 놓여있는 피아노에서는 여객기 조종사 유니폼의 백인 남자가 프랭크 시나트라Frank Sinatra의 마이 웨이My Way, 그렌 캠벨Glen Campbell의 바이 더 타임 아이 겟 투 피닉스By The Time I Get To Phoenix 같은 올드팝 넘버들을 정감 있게 연주하고 있었다. 그는 10여 분 정도를 연주하다가 스튜어디스가 나타나 비행시간이 됐다고 알려주자 서둘러 일어나 가 버렸다.

시애틀행 비행기는 예상보다 작았다. 비행기는 쌍발 프로펠러기였다. 스튜어디스가 미인이었다. 창밖으로 프로펠러 돌아가는 게 보였다. 비행기의 고도는 매우 낮은 편이었다. 덕분에 땅 아래 풍경들이 아주 잘 보였다. 구름이 비행기 아래로 지나치기도 했고 눈 부신 햇살 속에서 비행기의 몸체

● 포틀랜드 알라딘 극장과 그 옆의 램프 라운지

118

가 뜨겁게 빛난 채 날아가고 있었다. 바람이 불고 날씨는 계속 좋았다. 그렇게 기분 좋게 날다가 깜박 졸고 나니까 시애틀 타코마 국제공항이었다. 시애틀 공항은 비의 도시라는 선입견 때문인지 하늘, 사람, 건물들 모두가 그렇게 축축한 인상이었다.

시애틀 공항 밖으로 빠져나오려면 지하철을 이용해야 했다. 지하철을 타고 밖으로 나오자 툭 터진 하늘이 날 반겼다. 택시를 탈까? 버스를 탈까? 망설이다가 눈썹 짙은 아랍계 남자에게 호텔약도를 보여 주었더니 버스를 타라고 가르쳐 주었다. 땡큐, 땡큐를 연발한 다음 버스에 올라 꽤 달렸다. 산이 보이더니 서서히 건물들이 보였다. 시애틀 시내로 들어선 것 같았다. 버스 운전사에게 호텔 이름을 댔다. 그는 친절하게도 호텔과 가장 가까운 정류장에 날 내려 주었다. 여행용 가방의 바퀴를 굴리며 시애틀 거리를 걷기 시작했다. 10여 분쯤 걸었을까. 내가 찾는 베스트 웨스턴 호텔이 눈에 들어왔다. 동네는 한적해 보였다. 반가웠던 것은 바로 호텔 길 건너 서쪽에 한국식당 신라가 보였다. 북쪽의 길 건너편은 데니 파크였다. 하룻밤 130불의 요금으로 체크인하고 방으로 들어서자 창밖에 굵고 커다란 미루나무가 서 있었다. 그곳에서 푸른 바람이 열린 창으로 들어오고 있었다. 간단히 짐을 풀고 30분 정도 눈을 붙이는 둥 마는 둥 하다가 늦은 점심을 먹기로 했다. 한식당 신라로 갔다. 김치찌개를 주문했다. 푸짐했고 배가 불렀다. 뜨거웠고 매웠다. 냅킨으로 땀을 닦았다. 먹은 것 같았고 비로소 심신의 안정이 조화를 이뤘다. 뭔가 내 몸이 돌아가고 있었고 난 이제 시애틀을 몹시 사랑하기만 하면 되었다. 시애틀이 고향이었던 지미 헨드릭스Jimmy Hendrix가 그랬듯이.

생전의 지미 헨드릭스가 알록달록한 사이키델릭 잠옷을 입고 TV에 출연했었다. MC가 지미의 잠옷을 보면서 공수부대 출신이죠? 물었다. 지미는

● 베스트 웨스턴 호텔과 그 건너편 한식당 신라

그렇다고 답했다. 그러자 MC가 공수부대에선 그런 옷 못입죠? 물었고 지미는 못 입는다고 답했다. 그런데 그다음이 히트였다. MC가 지미에게 우드 스탁WOOD STOCK 페스티벌에서 미국 국가를 일렉트릭 기타로 연주했는데 그거 너무했던 거 아니냐고 물었다. 엄숙한 미국 국가를 월남전 폭탄 소리 같은 굉음으로 지미가 마음대로 연주했으니까. 하지만, 지미 대답이 끝내줬었다. 뉴욕 필이 연주하는 미국 국가나 내가 일렉트릭 기타로 연주하는 미국 국가나 둘 다 똑같다. 그러자 MC가 뭐가 똑같으냐고 물었다. 그러자 지미는 둘 다 아름답다고 답했다.

나는 지미 헨드릭스를 중학교 3학년 때 처음 들었다. 누구는 드럼, 누구는 보컬, 누구는 기타를 맡고 그렇게 저마다 멋진 포지션을 맡아 밴드를 하고 싶어 몸이 달아오른 우리 중 한 명의 형이 미8군에서 현역활동 중이었다. 그 형의 집을 방문했을 때 맨 처음 지미 헨드릭스를 들었다. 특히 퍼플 헤이즈Purple Haze가 압권이었다. 생전 처음 그런 기타소릴 들었고 아, 기타를 저렇게도 칠 수 있다는 걸 깨달았다. 지미의 기타는 그보다 앞섰던 모든 기타의 역사를 뒤집어버린 것이었다. 그의 기타는 음악적 예술적 크라잉Crying과 홀라잉Flying의 완벽한 그리고 위대한 조화였다. 그토록 전 세계에 숱한 기타리스트가 있었지만 지미 헨드릭스를 뛰어넘은 연주자는 아직 없었다. 모두 지미 헨드릭스의 기타에 열등감을 간직한 채 아무도 모르게 나직한 한숨을 쉴 뿐이었다. 그래서 지미 헨드릭스는 여전히 살아있는 전설을 넘어선 신화였다. 그럴 수밖에 없는 게 지미 헨드릭스는 기타 연주 도중, 지미 스스로 자신을 뛰어넘는 연주를 우리에게 들려주었기 때문이었다. 그것이 음악이다. 그것만이 진정한 음악이고 그래서 지미의 기타는 역사가 된 것이다.

영혼의 불꽃 에너지로 달려나가는 지미는 최상급의 기차였다. 그것은 저돌적이었고 대담했다. 그는 무대 위에서 기타를 불태웠고 때려 부수기까

● 시애틀 브로드웨이 애브뉴 파인 스트리트
E Pine St에 있는 지미 헨드릭스 상
©David Herrera

지 했다. 그의 음악이 도를 넘어선 파괴행위라는 지탄에 대해 지미는 이렇게 대답했다. 월남전에서 전쟁이란 쇼가 벌어지듯 나도 쇼를 할 뿐이다.

지미 헨드릭스라는 기차에 대해서 좀 더 말하고 싶다. 지미의 기차는 영원히 달리는 영혼의 기차다. 하지만, 대부분 히트곡 몇 개 내 놓은 뒤의 음악스타라는 기차들은 영혼의 화력이 약해 얼마 안 가다가 대중의 박수 소리에 취해 전진을 멈추고 만다. 이후 가다 서다 반복하다 그만 서버리고 만다. 그리고 대중의 인기라는 치맛자락에 폭 빠져 그 달콤한 찬사에 스스로 우상이 되고 만다. 그래서 레일 위를 달리는 기차가 아니라 스스로 동상이 되고 싶어 기찻길 옆 간이역이 되고 만다. 더는 달리지 않는 기차가 되고 만 것이다. 따라서 그것은 흐르는 음악이 아니라 정지된 우상이었다가 점차 아무도 찾지 않는 낡은 역사로 쇠락해 갈 뿐이다. 진정한 스타와 진정한 쇼는 멈추지 않는다. 그것은 계속되어야만 한다. 마치 밤하늘의 무수한 별이 저

마다 궤도를 따라 영원히 순환하듯이. 그렇다. 새로운 음악을 생산해 내지 않는 음악가라면 그는 이미 나이와 상관없이 고목이다. 성장을 멈춘 죽음이다. 지미 헨드릭스는 어디서 그 에너지를 얻었을까? 난 그게 궁금했다. 지미의 에너지원을 찾고 싶고 밝혀보고 싶었다. 그의 영혼은 어디서 점화됐을까? 물론 그의 시작은 애니멀스의 채스 챈들러의 권유에 의한 파리와 런던이었고 그의 폭발은 67년 몬트레이 팝 페스티벌 그리고 장렬한 전사는 69년 우드스탁 페스티벌이었다. 그는 월남전의 악몽에서 벗어나고 싶어 그 가위눌림으로 짓뭉개지는 자신의 영혼을 스스로 구원하기 위해 일렉트릭 기타를 통해서 강신무를 춤추었고 비명을 질러 자신과 시대를 구출했던 것이다. 그가 만약 그렇게 통렬하게 외치고 저항하지 않았다면 밥 딜런이 바람만이 아는 대답을 통해 전쟁의 부당성을 지적했을 때 그것이 외로운 저항이 되고 말았을 공산이 크다. 월남전에 대하여 68년 전후해서 많은 음악인과 대학생과 시인이 반대했고 징집영장을 불태웠었다. 하지만, 지미 헨드릭스 기타소리의 절규와 절창이 있었기에 비로소 사랑과 평화운동의 히피즘은 화룡점정의 눈빛을 얻고, 여의주를 물고 승천할 수 있었고 완벽한 영혼의 별자리로 등극할 수 있었던 것이다. 그렇다. 지미의 기타가 없었다면 그것은 매우 끔찍한 음악사가 되고 말았을 것이다. 그래서 지미 덕분에 미국의 음악평론가들은 당당하게 말한다. 월남전을 끝낸 것은 정치가들이 아니라 미국의 록 음악과 포크 음악이었다고.

신라에서 나온 나는 베스트 웨스턴 호텔로 돌아가 이를 깨끗이 닦고, 충만한 기분으로 거리에 나섰다. 여행자들의 가슴을 몹시 부풀게 하는 시애틀의 가슴 언저리쯤 되는 길 위를 걷기 시작했다. 통통, 내가 걸을 때마다 시애틀의 대지는 마치 북소리처럼 울렸고 난 기분 좋은 드러머처럼 시애틀의 대지를 쿵쿵 울려대며 걷고 또 걸었다. 평생 이렇게 밥도 안 먹고 잠도

● 시애틀 벨타오 거리에서

CASH CASH
AMERICAN V:
A HUNDRED HIGHWAYS
4TH OF JULY 2006
THE FINAL RECORDINGS OF JOHNNY CASH
PRODUCED BY RICK RUBIN

A SCANNER DARKLY

EVERYTHING IS NOT GOING TO BE OK

WOODY HARRELSON          WINONA RYDER

안 자고 걸어가기만 해도 좋을 것 같았다.

　서울에서 나는 음악 하는 사람들에게 이런 말을 했었다. 좀 독한 얘기이긴 하지만 알콜에 취하면 술보다 더 독한 얘기도 하게 된다.

"야, 한국엔 말이야. 음악 하는 사람들이 다들 너무 오래 살아. 너무 오래 중얼중얼 거린다고. 화끈하게 다 얘기하고 젊은 시절 순교해야 하는 거야. 음악이 종교가 돼야 하는 거지. 그래야, 한국음악이 산다고. 어느 분야나 순교자가 있어서 그 분야가 발전하는 거거든. 난 예전에 지미 헨드릭스나 짐 모리슨, 엘비스 프레슬리, 재니스 조플린, 커트 코베인, 배호, 차중락, 김정호, 김현식, 김광석 이런 음악가들이 왜 그렇게 빨리 죽었나 의문이었어. 그래서 생각해 낸 게 이 사람들은 철저한 축제주의자들이라서 일상이 지배하는 이승에서의 삶을 너무너무 못 견디는구나! 그래서 일찍들 굿바이 했구나! 그런 생각 했었어. 하지만, 요즘 다시 생각해보니 그게 아냐. 그건 뭐냐 하면 에너지를 다 쏟아 부었기 때문에 더는 할 말이 하나도 안 남은 거야. 단한 개의 낱말도 단 한 음표도 더 부를 수가 없는 거야. 완전 바닥이 난거지. 아낌없이 다 주고 만 거야. 촛불이 완벽하게 다 타버린 것처럼 그렇게. 너무심하게 사랑한 거지. 그러니까 그 사람들 음악은 영원히 살아있는 거야. 우린 진짜만 기억하는 법이니까. 끅."


2.

데니 웨이를 따라 걷다가 남서쪽 도로로 접어들었다. 그러자 월 스트리트가나타났다. 곧장 가면 바다가 있겠다는 생각을 했다. 월 스트리트를 따라 동쪽을 향해 걸으면서 꽃이 만발한 주택을 보았고 정감 있어 보이는 카페들도

● 시애틀 거리의 철로

● 시애틀 거리의 우체통

보았다. 그렇게 아홉 블록을 걷자 해변 길, 알래스카 웨이가 저만치 앞에 보였고 건물들 사이로 엘리엇 베이가 펼쳐졌다. 바다다! 세상 모든 강물을 다 받아 주어서 바다다.

　시애틀의 바다는 짙푸르렀고 깊숙했다. 시애틀의 바다는 사랑의 손길처럼 날 부르고 날 어루만지고 있었다. 넘실댈 때마다 그 손길들은 일제히 알래스카 웨이 방파제 벽에 부딪히며 저마다 사랑을 표시하고 사라졌다 다시 나타났다. 바다는 옥합을 깨뜨려 향유를 예수의 발에 붓고 자기의 머리털로 발라 드리는 막달라 마리아의 손길 같았다. 그 향유 같았다. 그리 길지 않은 머리카락들이 나름대로 세차게 흩날렸다. 오, 좋았어! 이게 바로 내가

● 엘리엇 만의 풍경

● 알래스카 웨이에서

129

원하던 것이었지!

피쉬 클럽, 피셔맨스 레스토랑, 시애틀 아쿠아리움, 엘리엇 레스토랑 등을 휙휙 지나며 바다와 해변의 건물들을 사진 찍으며 좀 더 걸었다. 그러다 어느새 늦은 오후가 되어가고 있었다. 조금 있으면 해가 질 것 같았다. 난 시애틀의 노을이 보고 싶었다. 어떨까? 이 동네의 노을은? 바다가 저렇게 시퍼렇게 출렁이는데, 건물들마저 저렇게 설레어 발돋움하는 이 엘리엇 베이의 노을은 과연 어떨까? 난 궁금했고 몹시 기대가 됐다. 알래스카 웨이는 한없이 이어질 것 같았다. 나는 돌아서서 유턴했다.

올 때는 월 스트리트, 돌아갈 때는 비교적 가파른 언덕길 배터리 스트리트를 택했다. 지미 헨드릭스의 아버지는 탭 댄서였고, 어머니 루실은 알콜 중독자였다. 나는 배터리 스트리트 뒷골목들을 사진에 담았다. 나는 몹시 흥분한 상태가 되었다. 뒷골목 건물들은 그리 높지 않았으나 상당히 도시적이었고 시애틀스러움을 느꼈다. 이제껏 그런 감흥의 뒷골목을 나는 본 적이 없었다. 그곳에선 저녁노을과 남은 햇살이 하나로 어울려 두런두런 얘길 나누는 것 같았다. 저녁노을이 남은 햇살을 덮치는 듯싶으면 어느새 살짝 피한 남은 햇살이 깔깔 웃으며 담벼락에 서서 저녁노을을 향해 어서 덤벼보라는 시늉을 했다. 나는 그 뒷골목들을 모조리 담고 싶었다. 시애틀의 모든 뒷골목들을 간직하고 싶었다. 그래서 해지는 줄 모르고 나는 어린아이처럼 시애틀의 저 미칠 듯이 황홀한 뒷골목 풍경들을 디카에 아니 가슴에 머릿속에 마음속에 영혼 속에 받아들였다.

그렇게 기분 좋게 호텔로 돌아왔다. 시애틀의 랜드 마크 스페이스 니들 Space Needle의 등 뒤로 시애틀의 저녁 해가 저물어 가고 있었다. 그것은 물기 머금은 빛이었다. 번쩍이는 지미 헨드릭스의 눈빛 같았다. 저렇게 물기 많은 눈동자를 직접 본 적이 있다. 김정호가 그랬다. 하얀 나비의 김정호를

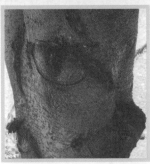

● 위 : 시애틀의 황혼의 거리.
  아래 : 시애틀 거리에서. 도시를 지키려는
  듯 한 나무의 눈동자

나는 80년대 초 남산기슭에 있는 장충동 국립극장 소극장에서 자주 볼 수 있었다. 그곳에선 토요일마다 국악 상설무대가 있었고 전통무용과 판소리 그리고 국악연주회가 무료로 개최되고 있었다. 주로 노인들이 자리를 차지하고 있었다. 그때 나는 국악에 관심이 많아 거의 빠짐없이 다니곤 했는데 그때마다 김정호가 와 있었다. 그는 팔짱을 낀 채 맨 뒷벽에 기대어 서서 번쩍이는 눈빛으로 국악을 감상했다. 나는 주로 맨 앞쪽에 앉았었는데 굳이 김정호를 알은 체하진 않았다. 그 누구와도 대화를 즐기지 않던 시절이었다. 판소리 공연도 자주 있었다. 그 시절 어느 공연에서 판소리 하는 노인 한 분이 이런 말을 했다.

"서양 오페라 보면 이해가 안 가. 우린 판소리 하면서 1인 100역을 하는데 서양 오페라는 100인이 100역을 하니 말이야. 너무 복잡해. 안 그래?"

음악 쪽에 내가 아는 선배 한 사람은 국악에 대해서 이런 말도 했다.

"국악은 이미 완성된 바다야. 그래서 국악을 현대화시키려고 뛰어들면 국악이란 바다에서 익사하기 쉽지."

무시무시한 얘기였다. 아무튼, 그때도 지금도 판소리야말로 세상에서 가장 힘있는 음악이라고 생각한다. 호텔로 돌아오고서, 디카를 호텔방에 두고 다시 나와 신라로 갔다. 가서 조기 매운탕을 먹었다. 소주도 한 병 시켰다. 진로가 나왔다.

음식을 가져다준 한국인 처녀가 고왔다. 나는 소주를 마시며 매운탕도 떠먹고 조기의 살도 발라 먹고 밥도 먹었다. 조기 매운탕을 먹으면 늘 떠오르는 장면이 있다. 아주 이른 봄이었을 것이다. 매우 쌀쌀했고 솔직히 좀 추웠다. 방송작가 일이 한창 바빠지기 시작할 무렵이었다. 밤늦게 신촌에 있는 자취방에 돌아가 보면 내 방에 여자가 한 사람 찾아와 자고 있었다. 아는 얼굴이었다. 내가 그녀에게 열쇠를 주었단다. 그녀는 일주일쯤 내 방에서 머물렀

다. 그녀는 토끼처럼 얼굴이 하얗고 두 눈이 굉장히 동그란 편이었다. 매우 침착한 스타일이었다. 우린 거의 말을 안 했었다. 그녀에게 지금도 고마운 것은 그녀가 날 위해 옥수수 차를 끓여 놓았었다는 사실이었다. 그리고 그녀에게 지금도 미안한 것은 그녀가 나 없는 동안 낮에 무얼 했는지 밥은 먹었는지조차도 묻지 않았었다는 사실이다. 나는 참 나쁜 놈이거나 한심한 녀석이다. 오히려 그녀가 나에게 눈빛으로 그런 것들을 물었던 것 같다. 그녀는 상당히 매력적이었다. 상황 또한 상당히 드라마틱했던 것 같다. 하지만, 진전된 게 없었다. 그 시절의 나는 온 세상 고민을 혼자 짊어진 고뇌하는 청춘이었다. 어찌 보면 자폐적으로 고독에 빠져있었는지도 모르겠다. 내 이름 세 글자에 대해서 어느 성명학 권위자는 다음과 같은 말을 했다.

"고독을 찾아다니네. 결벽증에 가까울 정도로. 내가 호를 하나 지어줄게. 보완을 해야지."

아마도 나는 고독을 멋진 것으로 알았던 것 같다. 아마도 나는 고독을 남자다운 것으로 알았던 것 같다. 하지만, 고독을 통해 얻어진 것들도 있는 것 같다. 혼자 있을 때 나는 충전이 된다. 아침이슬의 양희은 누님도 자폐증세가 있으신지 '나만의 동굴이 확보돼야만 방전이 안 되고 충전이 된다.'라고 했다. 난 그 심정을 충분히 짐작할 것 같다. 신승훈도 자신의 발라드를 유지하려고 고독하게 살았다. 간디도 일주일에 월요일 하루는 묵언했고 기도와 명상으로 보냈다고 한다. 간디의 충전 묘법이었던 셈이다. 어쩌면 나의 고독 역시 그런 충전이었는지도 모르겠다.

그날 밤 나는 소주 한 병에 얼큰해져서 호텔로 돌아왔고 취기와 함께 잠들었다. 그리고 시애틀의 잠 못 이루는 밤이 아니라 고단했는지 깊숙이 잠들었다.

● 미칠 듯 황홀했던 시애틀의 뒷골목

# 바람과 나

아, 자유의 바람
저 언덕 넘어 물결 같이 춤추던 님

1.

다음 날, 시애틀에 왔으니 꼭 봐 둬야 할 것 중의 하나가 바로 EMPExperience Music Project/ 206-367-5483. www.emplive.com였다. 호텔에서 그리 멀지 않은 곳에 있었고 걸어서 가도 충분한 거리였다. 나는 EMP에 너무 일찍 도착했다. 아직 문을 열지 않았다. 기다리기로 했다. 한 시간쯤 기다렸을까. 나 말고도 십여 명이 더 개장을 기다렸다. 드디어 문이 열렸다. 나는 찌그러진 기타 통처럼 만들었다는 EMP 담벼락에 기대앉아 햇살을 즐기다가 천천히 들어갔다. 들어서자마자 커피숍이 하나 있었다. 일단 커피를 한잔 마시기로 했다. 목이 좀 말랐다. 커피 향도 그리웠다. 아메리카노 커피 뜨거운 놈 한잔을 잡고 구석진 자리에 앉아 테이블 위에 올려놓았다. 커피를 한 모금 마시다 불현듯 배낭에서 호텔에서 갖고 온 편지지를 꺼낸다. 그리고 만년필을 꺼내어 편지를 쓰기로 한다. 커피를 또 한 모금 마신다. 조기 매운탕만 보면 생각나는 그녀에게 편지를 쓰기로 한다. 난 백지 위에 잠시 시선을 두다가 만년필을 흰 백지 위에 올린다.

● EMP(Experimental Music Project)

시애틀 센터 안에 위치한 EMP는 마이크로 소프트의 공동 설립자인 폴 알렌Paul Allen에 의해 세워진 음악 박물관으로, 대부분 록rock음악에 대한 기록이나 첨단기술로 이루어진 미디어 작품 전시로 구성되어 있다.

EMP 건물은 스페인 빌바오의 구겐하임 박물관으로 유명한 건축가 프랭크 게리Frank Gehry의 작품이다. 총12,600m² 의 규모로 종종 '구겨진 전자기타'로 묘사되곤 하는 특이한 외관으로 잘 알려져 있으며, 내부는 대부분의 건축 자재가 내부에 노출되어 있는 형식을 취하고 있다. 건물 한가운데 위치한 스카이 처치Sky Church 전시실은 높이 12미터, 넓이 21미터의 와이드 스크린과 18개의 이미지 몽타쥬를 이용하여 지미 헨드릭스Jimi Hendrix를 비롯한 여러 로큰롤 뮤지션들을 기리기 위해 꾸며진 곳이다.

상설전시관에서는 미국 북서부 태평양 연안의 대중음악 역사를 한눈에 볼 수 있는데, Bing

h에게

　h. 잘 지내니. 난 지금 시애틀에 와 있어. 여행 중이야. 하지만, 가끔은 내가 뭘 하는지 잘 모를 때가 있어. 하긴 여행이란 게 꼭 어때야만 한다는 규칙이 있는 건 아니겠지? 그래. 여행의 목적은 자유니까. 자유를 충분히 누릴 수 있을 만큼은 다 누리는 게 여행자의 특권이자 의무일 거야. h. 다짜고짜 내 얘기만 늘어놓아서 미안. 어떻게 지내니. 난 얼마 전부터 네 생각을 이따금 했어. 왜 그렇지? 꿈을 꾼 적도 있고 널 처음 만나던, 네가 여고생 교복을 입고 내 앞에 처음 나타났을 때, 물론 날 일부러 만나러 온 건 아니었지만 아무튼 그렇게 널 우연하게 보게 됐었지. 그리고 또 몇 년 후 나의 신촌 자취방에 네가 왔었고 일주일간. 그렇게 7일간의 동거? 흠……. 그래. 그때 참 고마웠어. 난 정신없이 살 때라 그리고 그땐 생수도 안 팔던 시절이었지. 그래서 술 취해 들어가면 목이 말라도 그대로 쓰러져 자곤 했지. 함께 술 취해 갔던 어느 방송 PD는 목이 마르다면서 내 방 안에 있던 드라이 진을 물처럼 마시곤 했었지. 그랬던 사막 같은 삭막한 내 방에 옥수수 차를 끓여 놓았던 너에게 난 지금도 너무 감사해. 난 사실 옥수수 차를 가장 좋아하거든. 그 구수함이란 정말 좋아. 그리고 마지막 날 밤 내가 널 팔베개했을 때, 그때 너의 체온, 그 따스함이 아직도 기억나. 그때 넌 참 감사한 여자였고 난 참 미안한 남자였지. 난 사실 고민했었지. 너와 함께 살고 싶은 마음이 있었으니까. 하지만, 난 그러지 않았지. h, 난 너 대신 고독에 미쳐있었고 그게 내 길인 줄 알았어. 난 고독하게 살다가 고독하게 죽기로 아예 작정을 했었으니까. 영원하지 않은 것들은 모두 거짓이라고 생각했었지. 지금 생각하면 참 바보 같은 짓이지. 그렇지? 하지만, 그땐 그 선택이 매우 신중한 거였었지. h, 이 편지를 언젠간 너에게 줄 수 있을까? 그리고 그때 그 이상한 동거의 해빙기의 아침을 또다시 얘기할 수 있을까? 그날 아침 방송국 가기

Crosby, The Kingsmen, Heart, The Presidents of the United States of America, Sir Mix-a-Lot, Nirvana, Pearl Jam 등의 유명 아티스트들의 인터뷰, 공연실황, 미공개녹음과 같은 자료를 손바닥만한 컴퓨터를 통해 확인할 수 있다. 이외에도 상설전시로 Guitar Gallery 및 영국의 디자이너 Neal Potter가 고안한 거대 조각상인 Roots and Branches, 방문객들이 다양한 악기의 기본적인 연주기법을 배울 수 있는 Sound Lab, 가상으로 무대 위의 상황을 체험할 수 있는 On Stage, 아티스트들의 의상을 모아놓은 Costumes from the Vault 등이 있으며, 또한 2003년 6월부터 2007년 8월까지 열렸던 Jimi Hendrix 전과 같은 여러 특별전시가 진행되고 있다.

2007년 3월부터는 박물관 입장을 위해서 EMP 내부의 남쪽 끝에 위치한 Science Fiction Museum and Hall of Fame의 관람을 함께 할 수 있는 티켓을 구입해야 한다.  왼쪽 위 사진 ⓒCacophony

전, 평소 같았으면 또 아무 말 없이 횅하니 나갔을 텐데, 정색을 하고 너에게 열쇠를 달라고 했었지. 그때 넌 아무런 표정도 느낌도 없이 내게 열쇠를 주었고. 그리고 나가 신촌 이대 입구 어느 허술한 음식점에서 조기 매운탕을 주문해서 함께 나눠 먹었지. 조기 매운탕은 맛있었어. 쑥갓을 넣었던가? 그랬겠지? 그날 아침 이후, 우리가 그 허름한 음식점을 나선 이후, 넌 너대로 난 나대로 헤어지던 그 아침 이후, 풍문으로도 너의 소식을 듣지 못했어. 참 미안해. h, 언젠가 너무 늦지 않게 그 미안함을 풀 수 있는 속죄의 기회가 있을까? 너도 참 많이 외로웠을 텐데, 너도 참 많이 날 기대고 싶었을 텐데, 내가 뭐라고 그렇게까지 잘난 척을 했었는지 참 괴로운 아침이 되고 말았어. h, 난 지금도 어쩌다 신촌을 가면 그 음식점 앞을 슬그머니 지나치곤 해. 혹시 h를 이곳에서 다시 만날 수 없을까? 그런 어리석은 생각도 하면서 말이야. h, 널 다시 만날 수 있을까? 소설처럼 영화처럼 다시 만날 수 있을까? 널 만나면 이 편지를 주려고 해. 아니 어쩌면 몇 번쯤 만나다가 줄지도 모르겠어. h, 보고 싶다. 너 지금 어디 있니?

6월 27일
세상에서 가장 널 보고픈 남자가

편지를 고이 접어 배낭 깊숙이 잘 보관했다. 언젠가 h를 만나면 꼭 주고 싶었기에. 편지를 쓰고 나자 조금은 홀가분한 기분이 되어 남은 커피를 마저 마신 후 EMP 입장권을 구입했고 직원이 배낭을 맡기라고 해서 그렇게 한 다음 입장했다. EMP는 록 박물관이다. 마이크로 소프트 사의 공동 창업자 폴 앨런이 세웠다고 한다. 한국에는 돈 많은 부자 중에 이런 멋쟁이들이 없다. 공공에 대한 기여가 너무 부족하다. 우리 같은 가난뱅이들은 부자시대의 소품 인형들 같기만 하다. 그들이 팡팡 튀어 보이라고 싸구려 출연료로 섭외된 도시의 엑스트라 기분이 마냥 드는 것이다. 너도 인간 나도 인간의 동등하고 대등한 평화로운 프렌들리 관계가 없는 것이다. 언젠가 뉴욕에서 잠시 귀국했던 교포 선배가 내게 이런 말을 했다.

"서울 사람들 눈빛들이 왜 프렌들리하지가 않지?"

"아마도 긴장들 하고 살 거예요. 자신의 가난이 들통날까 봐. 이제 가난은 죄가 되고 말았어요."

난 정확한 근거는 없지만 느낌상 그렇게 대답했다. EMP에는 록의 강물이 흘렀다. 그것은 매우 도도한 것이었다. 록은 시대의 목마름을 적셔 주었다. 사람들은 록 콘서트장에서 생산되는 강력한 록 사운드에 몸과 마음을 맡겼고 그곳에서 자신의 길을 발견하고 싶어 했고 더러는 자신도, 길도 모두 다 잃어버리고 싶어 했다. 그것은 늘 새로운 혼돈이었고 감격이었다. 록은 일상에서 뚝 떨어진 느낌이 들곤 했다. 그러면서 남루하고도 지루한 일상을 벗어나 무언가 자신이 빛나는 존재란 것을 새삼 느끼게 해 주고, 일깨워 주는 채찍 같은 비트에 아파하면서도 즐거워했다. 특히 록 사운드를 온몸으로 받아들이는 그 순간의 충전은 만선의 기쁨 같은 것을 느끼게 했다. EMP는 그런 록의 승리 역사를 전시해 놓은 곳이었다. 정치가 돌보지 않는 사람들, 경제인들이 챙기지 못하는 사람들의 마음을 록 밴드들이 함께 울고 웃었던 것이다. 우드 스탁은 그 록 역사의 찬연한 절정이었고 그 꼭대기에 지미 헨드릭스가 있었다. EMP에서 가장 큰 자리를 차지한 독립기념관은 역시 지미 헨드릭스였다. 그의 전설을 이룩했던 펜더 기타가 여러 대 보였고 지미의 생전 모습들이 비디오로 상영되고 있었다. 나는 문득 이런 말을 뇌까렸다.

"말을 물처럼 흐르게 하라."

내 가슴 속에 가두어 두었던 숱한 말들이 울고 있었다. 말하지 못한 말들은, 밖으로 출구를 찾지 못한 말들은 결국 눈이라는 비상구를 통해 말이 아닌 눈물이 되고 만다. 그것은 너무 억울해서 그냥 뚝뚝 떨어지고 만다. 그토록 아까운 사랑의 말들이, 그토록 소중한 인생의 말들이 아픔의 말들이 환희의 말들이 그만 아깝게 또 아깝게 땅바닥 위로 뚝뚝 떨어지고 만다. 그렇게 무수히 흘린 인간의 눈물들이, 그 억울한 것들이 땅에 떨어져 대지 위에 노란 민들레가 되고 하얀 들꽃으로 나부끼고 또한 그 한을 풀고자 무수한 풀잎으로 춤추는 것이다. 지미 헨드릭스도 따지고 보면 기타와 노래를 통해 말을 한 것이다. 말을 물처럼 흐르게 했고 그 말은 폭포수처럼 거대하게 쏟아져 내려 우드스탁의 벌판과 우드스탁의 히피들 가슴 속을 온통 자유와 환희와 도약과 행복과 기쁨과 사랑으로 적셔버리고 말았던 것이다. 더구나 그 말들은 말 못하는 바보들이 그렇게 하고 싶던 말들이었고 자신들도 미처 몰랐던 저 가슴 맨 밑바닥에 응고돼 있던 버려진 말들이었다. 짓밟힌 말들은 꿈의 날개를 달고 가장 강력한 저항의 속력으로 세상을 뒤집어엎고 말았었다. 그렇다. 지미 헨드릭스의 기타는 거대한 쟁기질이자 써레질이었고 자유라는 씨앗 뿌리기였던 것이다. 그것은 기존 문화를 뒤집어엎었고 기존의 고정관념을 뒤집어엎는 혁명이었다. 그 말들 속에는 자유를 방해하는, 자유로의 행진을 방해하는 모든 독재 세력과 썩어 문드러져 마땅할 모든 억압의 음험한 올무의 시스템에 칼보다 강한 록 스피릿, 음악 정신이 있었다. 법은 사람들의 몸을 지배하지만 음악은 사람들의 마음을 지배하는 법이다.

EMP 전시관의 마지막 코스는 관람객이 직접 음악을 만들고 녹음해서 그 자리에서 CD를 구워 갖고 갈 수 있는 녹음 시스템이었다. 그리고 가족이나 친구들끼리 즉석 밴드를 할 수 있는 무대공간도 마련되어 있었다. 참 예리하게 구성된 전시공간이었다. EMP 옆은 SFMScience Fiction Museum & Hall

●시애틀의 상징 스페이스 니들

of Fame이 있었지만 난 들어가지 않았다. 그 대신 스페이스 니들과 함께 있는 시애틀 센터로 올라갔다. 62년 만국박람회가 한여름에 개최되어 천만 인파가 몰렸던 곳이다. 그때 진이 빠졌는지 터가 좀 심심했다. 거기서 10분 간격으로 도심까지 운행되는 모노레일을 탈까 했지만, 그렇게 되면 주마간산이 되고 만다. 내 여행은 걷는 것 위주다. 거리의 담벼락에 붙어 있는 콘서트 포스터 한 장, 노천카페의 간판 하나, 주택 창문 가의 꽃 화분 하나, 공원 하늘 위로 날아가는 새 한 마리, 지나가는 낯선 이들의 눈빛 하나, 지친 눈이 반짝 떠지는 산뜻한 아가씨의 걸어가는 리듬, 그리고 도시의 가로수 한 그루, 자동차의 흐름, 이 모든 것들은 걸으면서 보고 듣고 만날 때 더욱 생생하다.

나는 걸어서 시애틀 아트 뮤지엄을 가기로 했다. 10여 블록을 걸어야 한다. 만만치는 않지만 걸을 만할 것 같았다. 결국, 대여섯 블록을 걸어 어제 보았던 배터리 스트리트의 벨 타운을 지나 운치 있어 보이는 라 폰타나 La Fontana 레스토랑 근처에서 버스를 탔다. 찾아간 시애틀 아트 뮤지엄은 휴관 중이었다. 대대적인 내부수리 중이었다. 오늘만 쉬는 게 아니었다. 아쉬움을 머금고 돌아섰다. 주변 거리는 깨끗한 편이었다. 갤러리들과 카페들, 옷가게들이 보였다. 나는 거리를 하릴없이 유유자적 쏘다니며 시애틀 풍경을 눈요기했다. 그러다 인터내셔널 디스트릭트의 파이오니어 스퀘어를 찾기로 했다. 시애틀 아트 뮤지엄에서 7블록 떨어진 곳이었다. 높은 빌딩들이 아찔아찔했다. 파이오니어 스퀘어에서는 오래된 역사의 냄새가 났다. 원주민 인디언 두와미시족의 부족장 이름이었다는 오늘날의 시애틀이 시작된 곳, 시애틀의 뿌리가 바로 파이오니어 스퀘어다.

하지만, 지금 이곳 파이오니어 스퀘어는 그 기가 많이 쇠했는지 스키드 로우Skid Row(빈곤의 길)가 되고 말았다. 광장으로 들어서자 가난한 냄새

● 위 : 킹 세인트 역,
아래 오른쪽 : 시애틀 차이나 타운

144

가 술렁술렁 풍겨온다. 파이오니어 스퀘어에는 노숙자들도 보였고 앤틱 가구와 고전적 장식품을 파는 골동품 가게, 관광객을 겨냥한 기념품 가게들이 보였다. 큼직한 커피숍도 눈에 들어왔지만 들어가진 않았다. 오래 머물고 싶지가 않았다. 파이오니어 스퀘어를 스치듯 지나 개척자의 광장을 등 뒤로 하고 미 대륙횡단 열차 앰 트랙의 종점이 있는 킹 세인트 스테이션을 찾기로 했다. 이곳의 거리 명은 잭슨 스트리트. 마이클 잭슨을 세계최고의 가수로 성공하게 시킨 프로듀서 퀸시 존스와 록과 가스펠을 결합해 소울 음악을 창시한 레이 찰스가 1940년대 후반과 1950년대 초반 잭슨 스트리트의 재즈 클럽들에서 연주했었다는 전설의 거리였다. 하지만, 잭슨 스트리트 역시 썰물 후의 바닷가 같았다. 옛 영광은 추억이 됐고 기억해 주는 사람조차 없어 보였다. 그냥 시들시들해 보였다. 잭슨 스트리트에서 동쪽으로 올라가는 언덕길은 중국음식점들이 보였고 차이나 타운이었다. 나는 블루지한 느낌의 텅 빈 공허의 거리 잭슨 스트리트에서 잠시 귀 기울였다. 여긴 뭐지? 지금 여긴 뭐지 하고 말이다. 그러면서 환영처럼 92년 미국음악여행에서 들렀던 멤피스를 떠올리고 있었다.

멤피스에는 세 사람의 거물이 살고 있다. 마틴 루서 킹과 엘비스 프레슬리 그리고 B.B 킹이다. 물론 마틴 루서 킹은 암살당했고 엘비스 프레슬리도 세상을 떠났지만 마틴 루서 킹의 영혼과 엘비스의 음악은 여전히 살아 있다. 또한, 엘비스는 살아있는 스타들보다 더 많은 돈을 지금도 매년 벌어들이고 있다. 엘비스 프레슬리의 저택 그레이스 랜드에 갔었다. 그가 1957년 봄, 헛브레익 호텔Heartbreak Hotel과 하운드 독Hound Dog이 데뷔 히트하면서 벌어들인 돈 10만 불을 주고 샀다 한다. 방들이 많았다. 저택의 전경은 바람과 함께 사라지다의 클라크 케이블이 살던 저택처럼 크고 웅장했다. 하얀 집이었다. 엘비스의 부인 프리실라 프레슬리가 장식하는 걸 좋아해서 방마

● 위: 킹 세인트 역의 철로,
아래: 숙소에서 내다본 한식당 신라와 데니 파크

다 주제가 달랐다. 이집트풍의 방, 유럽풍의 방도 있었다. 거실이 꽤 넓었는데 원숭이 박제가 특이했다. 거실에는 아프리카를 비롯한 세계 각국의 장식들로 꽉 차 있었다. 방들을 다 둘러보고 나오면 그다음은 뒷마당이다. 체력단련실도 있었고 사격장도 있었다. 그리고 후원의 잔디밭이 아주 넓어서 승마할 수 있었다. 실제로 말들이 왔다 갔다 하고 있었다. 마지막 코스는 엘비스 프레슬리 가족 무덤이다. 아주 양지바른 곳에 꽃으로 장식되어 있었다. 죽어서는 누구나 가장 낮은 땅에 묻히는 법이다. 이게 참 공평한 것이다. 부자나 가난한 자나 똑똑한 자나 바보나 그 누구가 됐건 사람은 똑같이 죽음이란 종착역을 가야만 한다. 마치 서울시내에서 운전하는데 빠른 척하고 추월을 거듭하지만 결국 빨간 신호등 앞에 아무리 좋은 차라 해도 서야만 하듯이.

저택 건너편에 엘비스 기념관 비지터 플라자가 있었다. 무대 의상만 해도 수천 벌이 넘는 것 같았다. 록 앤 롤 황제답게 그 의상들은 화려하고 위엄 있는 황제 풍 의상들이었다. 캐딜락들이 아주 여러 대였다. 캐딜락을 사려고 아멕스 카드 긁느라 남긴 엘비스 프레슬리의 친필 사인 카드 영수증도 함께 있었다. 악보와 기타, 마이크, 생전의 모습을 담은 영상 등도 빠질 수 없었다. 기념관을 둘러보느라 다리가 아플 지경이었다. 한국의 허정무 감독이 박지성을 뽑았을 때 그 이유가 축구를 참 쉽게 하는 선수란 생각 때문이었다고 하는데, 위대한 것들에 쉬운 것이 많다. 엘비스의 노래도 쉽다. 하지만, 그 쉬움을 흉내는 내도 똑같은 맛을 내기는 정말 어렵다. 거기엔 아마도 무서운 생명력이 있기 때문이지 않나 싶다. 엘비스 프레슬리의 노래도 그렇게 생명력 강한 노래였다. 엘비스의 호흡은 이제껏 모든 대중 가수 중에서 가장 장쾌했다고 여겨진다. 그것은 바다 같고 산맥 같다. 천변만화의 창법은 하늘을 날다가 어느새 지구의 중심을 관통한다.

● 왼쪽 : 멤피스에 있는 블루스
　　　　기타의 황제 B.B킹의 클럽 루실
　오른쪽 : 시애틀의 잭슨 스트리트

엘비스 프레슬리의 딸 리자 마리의 5살 생일 때 엘비스가 선물로 사 준 경비행기도 기념관의 하이라이트였다. 관람객들은 누구나 비행기 앞문으로 타서 뒷문으로 내릴 수 있다. 그 안에 들어가 TV와 냉장고를 본 게 기억난다. 엘비스 프레슬리를 낮에 보고 그다음 관광 코스는 B.B 킹 클럽 루실을 방문하는 것이었다. 나는 그날 호텔 로비에서 40불짜리 음악 관광 티켓을 샀던 것이다. 버스로 데려가고 데려다 주며 엘비스 프레슬리와 B.B 킹을 만날 수 있다는 게 매력이었다. 하지만, B.B 킹은 없었다. 연주여행 중이라 했다. 연주여행만 아니면 B.B 킹은 자신의 클럽에서 그리 어렵지 않게 볼 수 있다고 한다. 음악관광객들은 모두 여섯 명이었다. 각각 다른 호텔에 머물러있는 중이었다. 시카고에서 왔다는 영국계 아가씨와 스페인계 아가씨 두 사람은 친구사이고 시카고에서 자동차 운전으로 멤피스까지 주말을 이용해 왔다고 한다. 그리고 호주에서 온 뚱뚱한 아가씨, 그리고 노부부 한 쌍과 나였다. 관광버스 운전사는 흑인이었는데 아주 호탕했고 늘 흔쾌한 표정이었다. 목소리가 아주 컸고 잘 웃었다. 멤피스가 떠나가라 하고 웃어댔다. 덕분에 그 운전사 생각만 하면 지금도 웃음이 나온다. 운전기사는 B.B 킹과 아주 친하다면서 오늘 저녁 소개를 해 주겠다고 큰소릴 쳤지만 B.B 킹이 없자 꿩 대신 닭이라고 루실의 전속 밴드 연주가 끝나자 친구라면서 밴드의 베이스 연주자를 테이블로 데리고 와 인사를 나누게 했다. 하지만, 베이스 연주자는 내성적인 성격 같았고 아주 점잖은 타입이었다. 그도 우리도 서로 재미가 없어 그는 금세 일어서서 가 버리고 말았다. 하긴 무대 위에서의 그의 음악도 그다지 열정적이진 않았다. 조금 밋밋했다. 좋게 말하면 담백했고.

B.B 킹은 없었지만 바비큐는 훌륭했다. 아주 푸짐했다. B.B 킹의 사랑하는 기타 이름 루실을 딴 클럽 루실에서 나온 우리는 호텔로 돌아가나 했더니 그게 아니었다. 이번엔 딕시랜드 재즈 밴드가 연주하는 클럽에 간다고

● 엘비스 프레슬리의 저택
그레이스 랜드 안의 가족 묘지

150

했다. 40달러짜리 음악 관광치고는 프로그램이 너무 많다 싶을 정도였다. 클럽에 들어가 앉자 맥주도 한 병씩 나눠 주었다. 흑인 운전기사는 클럽에서 만난 어느 여자와 친밀한 관계인지 포옹했고 왁자지껄하며 또 얘길 나누고 있었다.

딕시랜드 재즈 밴드의 연주는 들을 만했다. 활력 있는 브라스 연주와 검게 빛나는 흑인 연주자들의 모습이 품격 있는 옛날 재즈의 향수를 충분히 느끼게 해 주고도 남았다. 클럽은 한산했다. 밤 11시가 가까워 오고 있었다. 노부부가 하품했다. 그곳에서 나와 다들 버스를 탔다. 그리고 저마다 호텔에 내려주기 시작했다. 가장 먼저 호주의 아가씨가 내리면서 날 보고 환하게 웃으며 호주에 오면 꼭 연락하라면서 자신의 연락처를 내민다. 난 고맙게 받았다. 그다음 호텔에서는 노부부가 내렸다. 부인은 우리에게 눈인사했고 남자는 굿나잇이라고 인사했다. 그런 다음 나와 시카고의 아가씨들만 남았다. 내가 먼저 내리는 방향이었다. 시카고의 아가씨 중에서 스페인계 검은 눈망울의 아가씨가 내게 제안을 했다. 자신들의 호텔방에 가서 와인을 한잔 더 하지 않겠느냐는 초대였다. 음. 이거 멤피스에 와서도 인기폭발인 걸 속으로 흐뭇하게 생각했지만 난 곧장 감사하지만 사양한다고 했다. 난 내일 새벽 비행기를 타고 가야 한다. 내쉬빌로. 내가 거절하자 두 여자가 동시에 아! 아흐! 하고 아쉬움의 탄성을 지르며 서운한 표정이 금세 그들의 얼굴 위로 파도 쳐가고 있었다. 난 그 파도 위에 회심의 미소를 서핑 보드처럼 띄워 보내며 유유히 내가 묵는 쉐라톤 호텔 앞에서 하차했다. 호텔은 바로 공항과 붙어있었다. 일정 때문에 겨우 2박 3일만 멤피스에서 체류했다. 그래도 모든 시간이 좋았다. 호텔방 창문으로 멤피스 공항 활주로의 불빛들을 잠시 바라보다가 커튼을 치고 잠들었다.

멤피스에서의 첫날은 엘비스 프레슬리가 첫 녹음을 했던 선 레코드 앞을 스쳐갔고 블루스의 발상지 빌 스트리트Beale St에 있는 블루스 음악가들을 기념하기 위한 명예의 거리는 가지 않았고 마틴 루서 킹 목사가 1968년 4월 4일, 묵고 있던 모텔에서 암살당한 후 국립민권 박물관이 된 곳도 가지 않았다. 관광객이라면 그 누구나 한 번쯤 들러볼 만한 브룩스 미술관이 있는 오버톤 공원도 가지 않았고 모네, 세잔느, 드가, 르느와르의 작품이 있다는 딕슨 갤러리도 가지 않았다. 스미소니언 협회가 운영한다는 록 & 소울 박물관도 가지 않았다. 나는 멤피스에 아무도 아는 사람이 없었고 내가 가장 보고 싶은 풍경은 오직 환경오염, 정치오염, 역사오염, 평화오염에 저항했던 밴드 크리던스 클리어워터 리바이벌Creedence Clearwater Revival의 대표곡 프라우드 메어리Proud Mary의 배경 미시시피 강뿐이었다. 나는 걸어서, 걸어서 또 걸어서 미시시피 강을 찾아갔다. 강둑 너머로 미시시피가 흐르고 있었다. 나는 걷느라 땀이 흘렀다. 강둑 위 키 큰 미루나무 그늘에서, 우리

● 멤피스의 딕시랜드 재즈 클럽

같으면 장기 두는 사람들이 딱 있을법한 자리였는데, 그곳에서 젊은 흑인 남자는 북을 치고 있었고, 젊은 백인 남자는 마틴 기타를 치며 노래 부르고 있었다. 그것은 처음 듣는 포크 블루스였다. 듣기 좋았고 편안하면서도 힘이 있었다. 나는 그들의 노랠 들으면서 강둑 위로 올라섰고 거기 미시시피가 보였다. 미시시피는 탁류였다. 수량이 풍부했고 수심은 깊어 보였고 거침없이 흘렀다. 그것은 나의 블루스였다. 강물은 여럿이 함께 더욱더 낮은 곳을 목축이고자 끝없이 흘러갈 뿐이었다.

멤피스 빌 스트리트에서 시작된 블루스는 흙탕물과 구르는 돌의 이미지를 갖고 있다. 부평초의 정처 없음과 아무렇게나 툭툭 걷어차이는 길거리 돌멩이의 비천함이 블루스 현상이다. 하지만, 그런 블루스에도 희망은 있었다. 그 비천함을 선택하고 꾸준히 유지해 온 이유가 있다. 그것은 바로 자유, 이 세상 모든 삶의 목적과 역사의 방향이 자유를 향한 것일진대 그런 관점에서 블루스는 해방과 평화의 노래이다. 클린트 이스트우드도 감독으로 참여했고 마틴 스코세이지가 총감독을 한 7장짜리 DVD로 만들어진 블루스 다큐멘터리의 정점 더 블루스The Blues에 보면 미국의 흑인 블루스의 가치를 맨 처음 알아본 사람들은 영국 사람들이었다. B.B 킹도 그 속에서 이렇게 말했다.

"우린 무시당했죠. 미국에서는. 하지만, 영국에서 흑인 블루스 음악가들을 초청공연하면서부터 미국에서도 블루스가 좋은 건가 보다. 그러니 영국에서 초청하지. 이러면서 블루스가 대접받기 시작했습니다. 그래서 난 영국 사람들에게 늘 감사하게 생각하고 있습니다."

또 어느 영국인 블루스 기타리스트는 이렇게 말했다.

"블루스 연주에서 기타의 줄을 밀어올리는 벤딩 주법을 배우면서 아주 기뻤죠. 내게 평생 할 일이 생겼으니까요."

또 어느 흑인 블루스 가수는 이렇게 말했다.

"찬송가에서 하나님과 주님을 여자이름으로 바꿔 부른 게 블루스죠. 그리고 블루스에서 여자가 내 돈 갖고 도망갔다는 표현들이 자주 나오는데, 그건 백인 농장주들이 흑인 노예들의 임금을 떼먹고 주지 않는다는 속뜻이 있었습니다."

한국의 신촌 블루스 리더 엄인호는 내게 이렇게 말했다.

"내 소원은 블루스를 꼭 한번 해 보는 것. 지금까지 난 블루스를 시도하고 도전했을 뿐 한 번도 못해 봤거든."

한국의 플레이 더 블루스 김목경은 또 이렇게 말했다.

"블루스는 아일랜드 민요의 영향도 있어요. 거기 멜로디가 아주 좋거든요. 데니 보이도 아일랜드 민요죠. 미국 대중음악에 아일랜드 민요는 엄청나게 큰 영향을 주었죠."

나는 혼자서 저녁노을이 질 때까지 멤피스의 미시시피 강변에 앉아있었다.


2.

잭슨 스트리트에서 돌아오는 길은 버스를 탔다. 버스는 노선이 다양했고 특이한 점은 시애틀의 모든 버스 앞에는 자전거를 매달 수 있는 공간이 설치되어 있었다. 그래서 자전거를 타고 가다가 버스를 탈 수가 있었다. 호텔로 돌아와 잠시 쉬다가 신라에 가서 저녁을 먹었다. 저녁을 먹은 다음 어둠이 내리기 시작한 시애틀 거리를 산책하기로 했다. 땅거미가 지면서 거리엔 사람들이 거의 없었다. 정적이 감돌고 있었다. 내가 머무는 도심의 북쪽 지역이 특히 그랬다. 그렇게 쏘다니던 중 불빛 하나를 발견했다. 그곳에선 밴드의 연주소리가 들려오고 있었다. 특이한 라이브 카페였다. 아주 작았다. 사람들이 열 명쯤 있었나 그랬다. 바에 앉았다. 내가 좋아하는 닐 다이아몬드도 노래했었고 노래방 갈 기회가 있으면 꼭 불렀던 그리고 몽키스가 오리지날인 아임 어 빌리버I'm a believer가 연주되고 있었다. 쾌재를 불렀다. 오, 이거 제대로 들어왔는걸. 난 여행복이 있는 편이다. 무심코 느낌이 와 들어가보면 어김없이 그 도시의 가장 괜찮은 명소이다. 이 라이브 카페도 알려졌는지 안 알려졌는지는 모르겠으나 내 기준에선 최고의 라이브 공간이다. 재미난 것은 지나가는 사람들도 투명 유리창을 통해서 밴드의 모습을 들여다볼 수 있게 했다는 것이었다. 그리고 여름날이라 문을 열어 놓은 탓에 밴드의 연주소리는 거리로 다 뛰어나가 돌아다니고 있었다. 그래서 그 음표들은 자동차가 이따금 지날 때마다 가을 낙엽처럼 흩날렸고 봄 꽃잎처럼 나부꼈다.

밴드는 매우 훌륭했다. 특히 리드 기타가 좋았다. 그의 기타는 아직 들어 본 적 없는 새로운 느낌의 음악이었다. 그는 자신만의 얘기를 들려주고 있었다. 나는 다음번 내 음반을 만들게 되면 꼭 그 기타리스트를 초대하고 싶었다. 그래서 연주가 끝난 다음 그로부터 이메일과 전화번호를 받아 놓았다. 그는 스물일곱 살이었고 올드팝 록을 좋아한다고 했다. 내가 엄지손가락을 내세우며 최고의 기타연주자라고 말했더니 약간 쑥스러워하면서도 고맙다고 했다. 나는 암스텔 라잇 맥주를 마셨고 배꼽티의 바텐더 아가씨가 혼자서 부지런히 서빙을 했다. 내가 찾아간 라이브 카페는 펀 하우스Fun House, 카페 비너스Cafe Venus/Mars Bar, High Dive 같은 시애틀 무가지들의 라이브 섹션에 나오는 유명 라이브 카페는 아니었다. 하지만, 내가 보기엔 그 어떤 곳보다도 훌륭한 라이브 카페였다. 진흙 속에서 진주를 발견한 기분이었다. 나는 앞으로 몇 번 더 오겠군 그런 예감을 할 수밖에 없었다. 그렇게

● 라이브 카페 벨라의 밴드 공연

몇 병의 맥주를 마시고 호텔로 돌아오는 길에 시애틀 청색의 찰랑거리는 짙푸른 밤하늘 위로 별들이 빛나고 있었고, 데니 파크의 공원 숲으로 밤바람이 쏴, 쏴 태평양을 향해 달려나가는 중이었다.


3.

다음 날 아침 일찌감치 일어나 호텔 식당에서 아침을 먹었다. 직접 구워먹는 토스트와 와플 그리고 한국사과와 달리 좀 길쭉한 모양의 사과, 우유에 말은 시리얼, 잼과 버터를 맛있게 먹었다. 방으로 돌아와 배낭을 챙긴 다음 호텔 밖으로 빠져나왔다. 햇살과 바람이 나를 에워 싸다가 어느새 가버리곤 했다. 나는 어디로 갈까 생각하다가 무작정 걷기로 했다. 그러다 워싱턴 주립대학이 있는 프리몬트 디스트릭트를 가기로 마음먹었다. 왠지 거기가 오늘의 몹시 당기는 여정이었다. 얼마 걷지 않아 데니 파크 서쪽 끄트머리에 있는 버스 정류장에서 프리몬트 가는 버스를 기다렸다.

집시풍의 여자와 나, 자전거를 버스에 싣고 떠나려는 젊은 남녀, 뚱뚱한 중년의 백인 남자가 버스를 기다렸고 그들 모두 차례차례 저마다 자기 방향의 버스를 타고 가 버렸다. 마지막 남은 집시풍 여자에게 프리몬트 가는 버스 번호를 물었다. 그녀가 번호를 알려 주었고 마침 도착한 버스를 탔다. 텅 빈 버스에 올라 차창에 기대앉은 그녀가 내게 미소를 한번 날려 주었다. 내 버스도 그리 오래지 않아 나타났다. 버스에 올랐고 99번 도로를 달리는 초행길의 버스 밖 풍경이 좋아서 마냥 쳐다보았다. 집들이 빠르게 흘러갔고 이윽고 다리가 나타났다. 다리 밑은 동쪽이 유니언 호숫가였고 서쪽이 워싱턴 호수였다. 호숫가 주변으로 요트들이 가득했다. 그들은 마치 흰 물새 떼들 같았다. 뾰족뾰족한 새 다리들을 하늘로 곧장 뻗친 채, 그 흰 물

● 시애틀 데니 파크의
  버스 정류장

새 떼들은 저 호수 위에 누워 오전 햇살 받으며 흰 배를 드러내 놓은 채, 잔뜩 드러누워 느긋한 휴식을 취하고 있었다. 일단 다리 끝에서 하차했다. 바람이 강했다. 햇볕은 따가웠다. 다리 끝에 모텔 하나가 있었다. 어디로 갈까 둘러보다가 모텔에 가서 길을 묻기로 했다. 모텔은 아담하고 자그마한 2층 건물이었다. 1층 사무실에는 마른 꽃들이 창가에 장식되어 있었고 아주 작았다. 그리고 아무도 없었다. 잠시 해바라기를 하며 누군가 나타날 때를 기다렸다. 10분쯤 지났을까 딱 감으로 알 수 있는 한국여자가 2층에서 시트 커버 뭉치를 담은 바구니를 들고 계단을 내려오고 있었다. 여자는 약간 피로해 보였고 화장기 없는 얼굴에 금발의 물을 들였다. 유니언 호수의 바람이 그녀의 몸을 스치고 지나갔다. 햇살이 그녀의 얼굴과 어깨, 가슴과 샌들 신은 발가락 위에서 반짝였다. 그녀는 날 한번 흘깃 쳐다보더니 세탁실 같은 곳으로 얼른 사라졌다. 참 무심한 시선이었다. 그녀는 둥근 눈을 가졌고 40대 중반으로 보였다. 종업원일까? 주인일까? 잠시 후 그녀가 다시 나타났다.

"무슨 일이세요?"

참 이르게도 물어본다.

"말씀 좀 여쭙겠습니다. 지나가던 여행잔데 서울에서 왔습니다."

여자는 거의 귀찮다는 표정, 그래서 어쩌라고? 이런 표정이었다. 나는 좀 더 말을 이었다.

"저, 여기 절대 오지 않는 기차를 기다리는 사람들이란 조각품이 어디 있나요?"

난 조각 작품의 제목이 좀 웃긴다고 생각했고 그 제목 때문에 여자의 표정이 좀 풀어지길 기대했으나 여자는 미동도 하지 않았다.

"여기서 좀 더 내려가세요."

여자는 언덕 위 다리 끝에 있는 모텔에서 호수가 있는 다리 아래 동네

● 나그네에게 길을 가르쳐준 프리몬트의 브릿지 모텔

를 가리켰다.

"한국에서 오셨나 봐요. 여기 주인 되세요?"

네, 하고 여자는 짧게 대답하고 다시 말을 이었다. 말이 빨라졌다.

"그게 그건지는 모르겠지만 이 아래로 쭉 내려가면 금세 찾을 수 있는데 조각이 하나 있어요. 폴크스바겐 자동차를 삼키는 거인 조각인데 많이들 물어봐요."

답례를 하고 언덕길을 따라 내려갔다. 주택가가 이어졌다. 참 조용한 호숫가 마을이었다. 집들은 살그머니 졸고 있거나 자신들의 집 마당에 피어난 노란 민들레와 하얀 들꽃들을 바라보는 중이었다. 나는 온몸에 그 언덕 골목길의 고요함을 묻히면서 아래로, 아래로 내려갔다. 그리고 약간 헤맨 끝에 다리 아래 그늘진 길가에서 폴크스바겐 자동차를 삼키는 거대한 시멘트 상 프리몬트 트롤Fremont Troll을 찾았다. 시멘트로 만들지 않았다면 더 좋았을 텐데란 생각을 했지만 재밌고 매력 있는 조각이었다. 아이들 몇 명이 시멘트 거인 주변을 뛰어다니거나 그 위로 올라가며 놀고 있었다. 하지만, 정작 내가 보고 싶어 찾아온, 절대 오지 않는 기차를 기다리는 사람들이란 조각상은 찾을 수가 없었다. 온 사방을 헤매다니기 시작했다. 걷다 보니 호수가 나타났고 맥주 바가 있었다. 점심때쯤이었는데도 이미 얼큰히 취한 것 같은 남자 두 사람만 동그마니 앉아있는 바에 들어가 물어보니 키 크고 잇몸이 드러나 보이는 여종업원은 북쪽으로 더 올라가라고 한다. 나는 그곳에서 맥주도 한잔하고 점심을 먹으려다가 일단 절대 오지 않는 기차를 기다리는 사람들이란 조각상부터 찾아야 할 것 같았다. 바에서 나와 다시 걸었다. 태양은 좀 더 뜨거워져 있었다. 요트들이 많이 보였다. 하지만, 쉽사리 나타나지 않았다. 결국, 한 시간 이상을 같은 길을 여러 차례 오가거나 공원과 언덕길을 올라다니는 등 몹시 헤매고 말았다. 그동안 지나는 사람들을 붙잡

● 위 : 프리몬트의 선물 가게
아래 오른쪽 : 프리몬트 트롤

고 물어보기만 해도 서너 차례였다.

그러다 마침내 찾게 된 것은 어느 30대 후반쯤 돼 보이는 미국인 남자 덕분
이었다. 그가 앞장을 서더니 자기 가던 길까지 멈추고 따라오라고 했다. 그
리고 걸어서 채 5분도 안 걸리는 거리에 있는 '절대 오지 않는 기차를 기다
리는 사람들' 조각상 앞으로 날 안내 해 주었다. 그의 친절에 감사를 표시했
다. 그는 웃으며 다시 가던 길로 돌아서서 갔다. 절대 오지 않는 기차를 기
다리는 사람들이란 조각상을 내가 못 찾고 헤맨 것은 까닭이 있었다. 원래
위치에서 몇백 미터를 옮겨 온 까닭이었다. 원래 자리했던 곳에서 공사가
벌어졌기 때문이었다. 예상보다 조각은 작았다. 알루미늄 조각품의 원제는
기차를 기다리며Waiting for the Inter urban였고, 프리몬트의 평범한 시민들을
조각해 놓았고 그중엔 특이하게도 개의 몸에 사람 얼굴이 달린 조각상도 있
었다. 난 맥이 좀 풀렸다. 그나마 찾기라도 했으니 다행이었다.

● 프리몬트 거리에서

헤매는 동안 봐 두었던 기타가게에 갔다. 지하에 있었고 노란 기타들이 저마다 자신의 몸과 영혼을 맡길 음악행로의 동반자인 미지의 기타리스트들을 기다리는 중이었다. 50대 후반의 여주인은 그다지 날 반기지 않는 눈치였고 거의 날 노숙자 보듯이 보는 눈길이었다. 하지만, 아시아계 중에서도 인도 쪽 혈통일 것 같은 30대 초반, 긴 생머리의 여점원은 아주 친절했다. 나는 이런저런 기타들을 만져 보거나 쳐 보기도 하다가 가장 맘에 드는 마틴 아쿠스틱 베이스 기타를 하나 사고 싶었다. 400불이었다. 소리가 좋았고 언젠가 내가 음반을 만들 때 활용하면 좋을 것 같았다. 한참을 만지작거리다가 지금 안 사면 영원히 후회할 것 같아 결국 그 기타를 구입했다. 그리고 기타 가게를 나와 길 건너편 커피숍에서 진하게 아메리카노 커피 한 잔을 마시고 주변을 산책했다. 어깨 위에 기타를 덜렁 메고서 말이다. 그동안 두 장의 내 음반을 만들었다. 한 장은 90년 어느 한 여자에게 미쳐서 만들었던 포크 발라드풍 음반이었다. 그 음반을 다 듣고 난 한선교 아나운서가 이렇게 말했다.

"아니 이렇게 노래까지 만들었는데도 결혼을 못했어요?"

그는 한참 동안 딱하다는 듯 나를 바라봤다. 그리고 97년에 또 한 장의 앨범을 녹음했다. 5월의 바람 같은 기타, 8월의 저녁노을 같은 하모니카 연주, 7월의 황토 흙먼지 흩날리는 작은 아프리카 뱀 가죽 북, 3월의 선량한 신입생 같은 비올라, 10월의 하늘 같은 콘트라 베이스를 악기로 썼고 음악 스타일은 내 멋 대로였다. 그땐 그 음반을 만들지 않으면 도저히 살 수가 없었다. 나의 브루클린으로 가는 마지막 비상구 같은 음반이었다. 어느새 두 번째 음반작업을 한 지 10년이 다 되어간다. 이제 딱 한 장의 앨범만 더 내고 싶다.

● '기다리는 사람들' 조각상.
아래쪽에 무슨 뜻인지 개의 몸에
사람의 얼굴을 해 놓았다.

# 뉴욕의 영국인

Englishman In New York

누군가 말했듯이 매너가 남자를 만든다면
바로 그가 오늘의 영웅인거야

1.

일단 호텔로 돌아가기로 했다. 유니버시티 디스트릭트는 가지 못하고 프리
몬트 디스트릭트만 다녀가는 셈이다. 버스를 타려고 언덕길을 20분쯤 올라
갔다. 한적한 언덕 길가에서 버스를 20분쯤 기다렸다. 버스 정류장이 있는
길가 목조주택 앞에 풀잎들이 하늘하늘 하늘을 향해 손을 흔들고 있었다.

마침 버스가 왔다. 버스 안은 젊은 워싱턴 주립대학생들로 만원이었다.
묵묵히 버스에 서서 조금씩 흔들리며 다리를 건넜고 호수를 보았고, 산기슭
의 나무숲을 바라보았고 휙휙 스쳐가는 집들과 상점들의 간판을 꿈결처럼
물결처럼 바라보았다. 호텔로 돌아온 나는 잠시 낮잠을 한숨 잤다. 많이 걸
은 셈이다.

잠 깨어난 나는 무가지를 뒤져 재즈 앨리jazz alley(206-441-9729 / www.
jazzalley.com)를 점찍었다. 뭔가 있을 것 같았다. 건더기가 있고 진짜가 꿈틀
거리는 곳, 영혼을 얘기하고 영혼이 강물처럼 흐르고 영혼이 뜨겁게 흐느끼
거나 빛나는 곳, 그런 뭔가 있는 곳이 내겐 필요했고 그런 곳을 찾아 난 여

● 위 : 프리몬트의 카페
● 아래 : 프리몬트 버스 정류장 가는 길

168

행을 떠나온 것이다. 재즈 앨리는 뒷골목 재즈란 옥호처럼 실제로 뒷골목에 있었다. 아주 깊숙한 뒷골목은 아니었고 사실 실내도 상당히 고급스런 재즈 클럽이었다. 입구 주변에는 재즈풍의 그림이 벽화로 그려져 있었다. 사내들과 여자들, 정다운 연인의 모습, 트럼펫과 색소폰을 부는 흑인들, 드럼과 기타 등의 그림이 보였다. 나는 고풍스런 그 벽화를 보다가 추억 속으로 걸어 들어갔다.

아주 오래전 벌써 20년 가까울 것 같다. 1집의 편곡을 맡기려고 포크 쪽 편곡자로 그래도 명성이 있는 어느 편곡자를 찾아갔다. 대학로 샘터 커피숍에서 만났다.

"자작곡 음반을 만듭니다. 편곡 좀 해 주세요."

바빠서 못합니다. 요즘은 가스펠만 해요. 대중가요 할 때보다 교회 음악 일이 더 바빠요. 외국 갈 일도 가끔 생기고 뉴욕에 자주 가는 편이죠.

그는 멋있게 자리를 고쳐 앉았다. 오! 뉴욕. 그때만 해도 그랬었다. 뉴욕은 멀디 먼 곳이었다.

"뉴욕에 가면 블루 노트엘 가요. 거기서 재즈를 듣는 거죠."

그는 이미 뉴욕 블루 노트 안에 들어가 있는 표정이었다.

"아주 좋아요. 오, 블루 노트."

---

● 'Jazz Alley Club' 은 설립 후 20년 동안, 서부 지역의 최고의 클럽으로 자리매김했다. 이곳은 매주 시애틀의 즈 팬들에게 Oscar Peterson, Nancy Wilson, Taj Mahal, Eartha Kitt, Diane Schuur, McCoy Tyner, 그리고 Dr. John 같은 세계적인 뮤지션들의 공연을 선사한다.
이 클럽은 1979년 Seattle's University District에서 처음 문을 열었다. 이 친숙하고 자그마한 클럽은 언제나 뮤지션과 청중의 조화를 모색하여, 드디어는 이 지역 대학생들은 물론 재즈 애호가들 까지 단골로 만들었다. 6년 뒤 이 클럽은 시애틀 6번가 Lenora 거리로 이전했으며 현재도 이곳에 위치해 있다. 리모델링과 확장 공사를 거쳐 넓은 무대와 100개가 넘는 객석을 보유하고 있지만, 그러면서도 아직까지 초기의 아늑한 분위기를 연출하고 있다.
Jazz Alley는 Seattle Weekly에서 몇 년간 계속해서, 그리고 최근에는 Citysearch Seattle의 조사에서 최고의 재즈클럽으로 선정되었다. 뿐만 아니라 2007년 DownBeat Magazine은 이 클럽을 세계 100대 재즈 클럽중 하나로 뽑았다. "음악과 음식, 뮤지션과 청중이 하나로 어우러지는 세계적인 수준의 재즈클럽이다."(The Seattle Times)

그는 묻지도 않은 얘길 늘어놓기 시작했다. 아무래도 자랑 같았다. '네가 재즈를 아느냐?' 이런 분위기였다. 약간 역겨워지기 시작했다. 그래서였을까? 2년 후 미국 음악여행을 떠났을 때 난 일부러 블루 노트엔 가지 않았다. 대신 전위 예술가 정찬성을 방문했다. 정찬성은 작업실이 곧 거실이었다. 창고였던 곳을 자신의 작업실로 쓰고 있었다. 내가 보기엔 완전 고물상이었다. 온갖 쓰레기, 폐품, 잡동사니들 창고처럼 보였다. 자전거 바퀴살이 있거나 고물시계나 라디오, 이상한 옷감들, 한밤중이면 귀신들의 가면무도회가 매일 밤 열릴 것만 같았다. 안경 너머 어딘가 따스하게 빛나는 시선으로 날 쏘아보던 정찬성은 내가 조영남 선배 소개로 찾아왔다고 하자 반겨주었다. 하지만, 내게 밥이라도 한 끼 살 것 같진 않았다.

아무튼, 정작 그곳에서 친해진 사람은 밴드에서 베이시스트를 하다 서울로 간 히피였다. 그는 서울의 음악인들 이름을 쭉 댔다. 누구 아세요? 누구 아세요? 그러다 딱 맞아떨어진 이름이 오세은 선배였다. 윤연선의 고아, 한영애의 건널 수 없는 강을 기획하고 히트시켰다.

"아, 그래? 세은이 후배? 잘 됐어. 진작 얘길 하지. 나가자. 말 놔도 되지? 나 세은이 친구야."

"그럼요. 그런데 어딜 가죠?"

일단 나가 보자고.

그래서 정찬성 씨 부부에게 인사하고 30분도 안 돼서 작업실을 빠져나왔다.

그는 자신의 차를 타라고 했다. 먼지가 뽀얗게 앉아있었고 차 안은 몇 달 전에 마시고 버린 듯한 우유팩, 구겨진 무가지, 너덜너덜한 휴지, 빈 생수병, 찌그러진 종이 커피잔 등등해서 완전 쓰레기통이었다. 하지만, 그는 편안한 눈치였다. 나는 그의 차에 올라앉았다. 그가 속도를 냈다. 어디 바삐

갈 일도 없는데도 차는 고속으로 달리기 시작했다. 그는 어느 틈에 대마초 한 대를 운전하는 도중 순식간에 말아, 어느새 불을 붙였고 가슴 깊이 들여마시고는 절대 내뱉지 않았다.

"자, 빨리해. 한국에선 못했잖아."

그는 내가 대마초 꾼인 줄 아는 모양이었다. 난 그의 기대를 깨기도 뭣해서 대충 받아만 들었다가 다시 돌려주었다. 그리고 그의 집으로 갔다. 그는 혼자 살고 있었다. 기타가 놓여있었고 벽에 백남준 그림 한 장이 걸려있었다.

"이 그림 비싼 거야. 백 선생님은 그림 잘 안 팔아. 맘에 들면 그냥 주기도 해. 나도 그냥 얻은 거야. 아무리 돈 많이 싸들고 와도 그 인간이 돈밖에 모른다, 그럴 것 같으면 자신의 그림을 소장할 자격이 없다고 그림을 안 팔았어."

아, 멋있다고 나는 생각했다.

"백 선생님 한번 만나고 갈래?"

나는 고개를 저었다. 침실에는 한 벽면 전체에 태극기가 그려져 있었다. 직접 그려 넣었다고 했다. 그날 밤 그가 일하는 한국인 재미교포들이 많이 산다는 플러싱에 있는 라이브 카페에 갔다. 그가 기타를 치면서 매우 허스키한 목소리로 노랠 불렀다.

어니온스의 편지가 감동적이었다. 이튿날은 한대수를 찾았다. 한대수는 날 거부했다.

"한국기자들 답답해. 만날 이상한 질문이나 하고."

새로 창간하는 위클리 뮤직 마켓, 창간호 특집 인터뷰를 부탁하자 그가 한 말이었다. 거의 완강할 정도였다. 하지만, 날 데리고 간 히피 기타리스트, 그가 중재해서 인터뷰할 수 있었다.

"'행복의 나라'로는 언제 만드셨나요?"

"행복의 나라로는 뉴욕에서 사진학교 다닐 때 지하철 타고 오가면서 만들었지. 열일곱 살인가? 열여덟 살인가? 그리고 스무 살 때인 1968년 한국에 와서 음악 감상실 세시봉 무대에서 처음 발표한 거지."

창밖으로 뉴욕의 바람이 불고 있었다. 그러자 이상하게도 한대수와 나는 뉴욕의 거리에서, 공원에서 대화하는 느낌이 들었다.

"2집 고무신 만드시고 왜 미국으로 가셨나요?"

"고무신 앨범 재킷 사진을 내가 찍었거든."

"아하, 그렇죠."

"어느 날 내 하숙방에서 보니까 담벼락 위에 예전엔 도둑 막는다고 쇠창살 같은 게 설치돼 있었잖아. 그런데 거기다 내 하얀 고무신을 빨아서 걸어 놨다고, 그런데 그게 보기가 좋았어. 그래서 그걸 촬영해서 사용했는데 그게 문제가 된 거지."

"어떻게요?"

"쇠창살은 독재의 상징이고 고무신은 민중의 상징이라는 거야. 그래서 어느 기관에서 조사 받았거든. 음반은 나오자마자 판매금지 당하고. 그래서 어이가 없었어. 그 사진은 그런 의도적인 것이 아니었거든. 그래서 다시 미국 간 거지."

그랬었다. 그 사건이 한국청년문화 최초의 시작이었던 한대수를 음악적 망명객으로 만들고 말았다. 노래하는 사람은 노래가 호흡이다. 그냥 숨만 쉬는 사람이 아니다. 그런데 그 노래에 금지명령을 내렸으니 더는 한국 땅에서 살 수가 없었던 것이다. 한대수의 행복의 나라로는 한국대중음악사에 너무나 중요한 노래다. 그 이전, 그러니까 윤심덕의 '사의 찬미'와 '부활의 노래'가 앞뒤로 들어간 SP 음반이 한국가요의 효시였다면, 이후 고복수

의 '타향살이'와 이난영의 '목포의 눈물'은 한국가요의 서정에 새로운 유형을 제시한다. 그것은 비탄의 절정이었고 절망스런 삶의 비상구였다. 또한, 그것은 암흑의 노래였고 나라를 잃어버린 사람들의 노래였다. 그랬던 한국 가요사에 갑작스런 한대수의 행복의 나라로가 나타난다. 그 시절 박정희 대통령이 중단 없는 전진을 내세우며 경제개발 5개년 계획이란 신곡을 밀어붙일 때, 한대수는 청년문화의 독립을 이룩한다. 장막을 걷어라로 시작되는 행복의 나라로는 명쾌한 선언이었다. 앉은뱅이에게 일어나 걸으라고 축복했던 예수처럼 한대수도 작은 예수가 되어 그렇게 말했던 것이다. 장막을 걷어라. 그리고 행복의 나라로 다 함께 가자고 말한다. 그만큼 이 노래는 대승적이다. 결코, 나 혼자 행복하겠다고 말하지 않는다. 다만, 박정희 대통령과 다른 것은 그의 꿈은 문화적이고 음악적인 권유로 마무리되었다는 점이다.

아무튼, 행복의 나라로 가 태어나면서 한국의 청년문화가 태어났고 그 청년문화의 시작으로 말미암아 남녀노소가 함께 이미자, 최희준을 듣던 대

● 뉴욕 브로드웨이의 존 레논 뮤지컬 공연장

● 뉴욕 거리에서

● 샌프란시스코 의 동성애자 거리.
무지개 깃발은 그들의 상징.

한민국의 가요소비 상황은 대학생을 중심으로 한 젊은 세대들끼리 따로 공감하고 노래 부르는 시대로 변화되었던 것이다. 더구나 행복의 나라로의 미덕은 그 음악이 진취적이고 가사가 양기 가득하다는 데 있다. 또한, 그토록 넘쳐나는 햇살, 바람, 풀잎의 신선한 자연미와 춤추며 광야로 나아가는 생명 에너지의 언어와 리듬의 흐드러짐은 한대수를 위대한 광대로 한국사에 자리 잡게 한 것이다. 다시 말하자면 햇살과 바람을 한대수가 노래했고 그 햇살과 바람의 에너지가 한 대수를 한국청년문화의 선구자로 만들었던 셈이다.

"물 좀 주소는 어떤 노래죠?"

"그건 한국에 와서 만들게 됐지. 애인이 있었는데 애인과 함께 집에 갔다고. 집에서 같이 포옹했고. 뉴욕 스타일이었지. 하하. 그런데 어머님이 나타나신 거야. 이해하실 줄 알았는데 용서가 안 됐지. 하는 수 없이 집에서 나올 수밖에 없었어. 그래서 명륜동에 방 하나 얻고 거기서 난 침대 없으면 잠을 잘 못 자니까 침대 대신 두루마리 화장지 방에다 쫙 깔고 그 위에 합판 깔고 매트리스 하나 딱 얹으니까 침대는 과학이 된 거지. 하하. 아주 양호한 침대였어. 화폐가 없으면 더 양호한 삶도 있어. 그 시절 사랑도 없고 자유도 없었던 삭막한 시대를 물로 표현했던 거지. 하하."

나는 한 대수가 점점 더 좋아지고 있었다. 그는 생전에 아마도 칭기즈칸이었고, 리어왕이었을 것이다. 그는 늘 돈을 화폐라 했고 기분 좋음을 양호하다 표현했다. 나는 그의 노래 중에서 특히 양호한 노래를 손꼽으라면 '바람과 나'를 거론하겠다. 요즘 가수들은 노래 속의 신비 대신 두문불출 안 보여주기 신비주의로 가는데, 바람과 나야말로 무궁무진 신비의 노래이다.

끝 끝없는 바람 저 험한 산 위로

나뭇잎 사이 불어가는

아, 자유의 바람

저 언덕 넘어 물결 같이 춤추던 님

무명無名 무실無實 무감無感한 님

나도 님과 같은 인생을 지녀볼래 지녀볼래


물결 건너편에 황혼에 젖은

산 끝보다도 아름다운

아, 나의 님 바람

뭇 느낌 없이 진행하는 시간 따라

하늘 위로 구름 따라

무목無目 여행하는 그대여

인생은 나 인생은 나


'바람과 나'는 김민기도 김광석도 다시 부르기를 했다. 그 정도로 당기는 노래이다. 장발족들이 도망 다니던 시절, 머리카락 길이조차도 획일화되었던 시절, 한대수의 바람과 나는 최초로 한국가요에서 자유를 내세우고야 만다. 그렇다. 자유의 바람은 끝없다. 그걸 막을 자, 그걸 막을 권세 도대체 없는 것이다. 새끼손가락 끄트머리 마디만큼의 흙만 있어도 꽃들은 피어나고 풀잎은 피어난다. 흙이 있기에, 흙은 꽃들의 임이다. 그 들판 가득 피어난 꽃과 풀잎이 춤출 때가 있다. 바로 바람이 불어 올 때이다. 그 바람이 불면 지상에서 가장 작은 꽃 한 송이, 하늘 아래 가장 작은 풀잎 하나 물결처럼 춤추고야 마는 것이다. 그것은 생명이다. 바람은 그 생명의 혼불, 그 불꽃을 싱싱하게 살아나게 하는, 깃발처럼 나부끼게 하는 사랑의 마음이요, 사랑의 손길이다. 생명의 손길, 바람! 바로 그 바람이 되고 싶어 하는 한대수의 염원이요 선언이었던 그 바람이 지금 이 순간에도 도시와 풀숲과 바다와 당신의 가슴에 불고 있다.

그는 인터뷰가 끝나자 만족스러워 하는 표정이었다. 22살 연하인 한대수의 부인은 한대수의 음악 대신 마이클 볼턴의 팬이라고 했다. 한대수 아파트에서의 인터뷰가 끝난 후 한대수가 저녁을 샀다. 근처 중국집이었는데 맛있었고, 고맙게 배불리 먹을 수 있었다. 한대수는 20%의 외로움과 30%의 행복, 50% 자유 같았다. 이튿날은 양희은을 인터뷰했다. 양희은은 뉴저지의 아름드리나무 우거진 숲 속의 동화 마을 같은 고풍스런 집에서 날 맞아 주었다. 동네가 어찌나 조용한지 창밖에 바람이 불어 낙엽 한 장이 떨어지면 그 소리가 양희은의 거실 유리창을 뚫고 들어와 커다랗게 울리는 것 같았다. 많은 얘길 나눌 수 있었고 양희은은 초면이었지만 아주 반갑게 날 안내했고, 미안할 정도로 성의 있는 대답을 해 줘서 너무 감사했다.

"아침이슬 부르고 히트가 나자 레코드사 사장이 5만 원 갖고 왔어요. 안 받았죠. 영원히 5만 원짜리 가수 될까 봐. 내 노래는 민들레예요. 가만 놔둬도 사람들 입에서 입으로 전해지면서 히트가 됐어요. 여태 그런 식이었어요. 홍보란 거 해 본 적이 없었죠."

그는 내게 방문 기념이라면서 독일 홍차를 선물로 주었다. 역시 감사했다. 그리고 이튿날은 링고 스타 콘서트를 봤다. 이게 아주 좋았다. 어쨌든 비틀스의 한 사람을 봤으니까. 라디오 시티 홀이었는데 매진이었다. 가까스로 공연 당일 아침 내가 묵고 있던 뉴욕 힐튼 호텔 로비에서 판매하는 입장권을 40불에 살 수 있었다. 그 시절엔 40불 정도에도 링고 스타를 볼 수 있었다. 링고 스타는 선글라스를 쓰고 있었고 게스 후, 이글스 같은 빅 스타 밴드의 기타리스트 같은 사람들이 세션 맨을 하고 있었다. 비틀스에 대한 존

경은 상상 초월이었다. 첫 곡의 연주가 시작되자마자 한 번에 와 하고 모두 일어나 좌석 무시 스탠딩 콘서트가 시작됐다. 수천 명 관객이 링고와 함께 모두 합창한 노란 잠수함Yellow Submarine이 공연의 절정이었다. 링고 스타는 음반에서 듣던 이미지와 전혀 다른 게 없었다. 담담했고 차분함을 유지하고 있었다. 도대체 흥분을 모르는 사람 같았다. 링고는 섹스할 때도 저렇게 담담할까? 무대는 2층이 설치되어있었다. 그 2층에 링고 스타의 드럼이 놓여 있었고 링고 스타가 드럼을 연주할 때는 그 위로 올라가 연주했다. 2층엔 그밖에 없었다. 나머지 올 스타 밴드는 1층이었다. 그들은 노래 한마디 못했다. 내 앞의 스페인풍 여자는 남자친구 어깨 위에 올라가 목말을 타고 천국을 발견한 사람처럼 열정적으로 기뻐했고 완벽하게 공연을 먹어 치우며 끝까지 즐기고 있었다. 덕분에 나는 링고의 얼굴보다 그녀의 엉덩이를 더 많이 봤고 그럼에도 나는 링고 스타의 사진을 몇 장 찍었고 비틀스 시절 링고의 노래 맥스웰 실버 해머Maxwell Silver Hammer가 나올 땐 따라 불렀다. 온리 유Only You, 유어 식스틴You're Sixteen, 잇 돈 컴 이지It Don't Come Easy, 노 노 송No No Song도 물론 좋았다. 비틀스는 사람을 밝은 행복으로 이끈다. 링고 스타도 그랬다. 공연이 끝나고 라디오 시티 홀에서 뉴욕 힐튼 호텔로 돌아오는 길에 달빛이 혼자 걸어도 포근한 느낌이었다.

　뉴욕에서 그렇게 6박 7일을 보내고 나는 뉴욕을 떠났다. 그 어떤 도시든 여행자에게는 6박째에 한계가 온다. 약간 지루해지는 것이다. 물론 6박 동안 봐야 얼마나 봤겠느냐만 그래도 지루해지는 건 어쩔 수 없다. 그때는 떠나는 게 좋다. 늘 신선하게 다시 돌아오기 위해서.

● 위 : 뮤지컬 극장이 모여 있는 뉴욕의 브로드웨이 타임 스퀘어
● 왼쪽 : 비틀즈의 드러머 링고 스타의 공연이 있었던 뉴욕의 라디오 시티 홀
● 오른쪽 : 뉴욕 거리 풍경

## 2.

나는 재즈 앨리의 입구로 들어서서 오른쪽 계단 일곱 개를 밟고 내려가는 동안 잠시 뉴욕의 재즈 클럽 블루 노트를 회상했고 뉴욕에서의 여행을 또 생각했다. 계단을 내려가자 입장권을 팔고 있었다. 20 몇 불을 지급했다. 실내는 상당히 어두운 편이었고 창가에는 검은 커튼이 길게 드리워져 있었다. 무대가 아주 넓었고 실내 역시 드넓었다. 라이브 하기에 호조건이었다. 테이블마다 촛불이 켜져 있었다. 영적인 느낌이 들었다. 서서히 사람들로 실내가 가득 차기 시작했다. 나는 무대가 잘 보이는 약간 높은 곳의 테이블에 앉아있었다. 두리번두리번 실내를 몇 번 보고 약간 따분할 무렵 음식과 맥주가 나왔다. 여종업원이 맥주를 따라주고 갔다. 식사를 거의 마칠 무렵 자리는 꽉 찼다. 그 이후부터의 입장객은 주방이 있는 뒤편 바에 기대서는 수밖에 없었으나 거기도 잠시 후 꽉 찼다.

이미 열기가 무르익고 있었다. 그리고 무대 위로 키가 전봇대처럼 크고 쟈니 카슨 같은 신사풍의 초로의 피아니스트가 등장했다. 그는 별로 말이 없었다. 할 말은 모두 내 피아노 소리로 다 얘기할 테니까 피아노에 집중하시라고 말하는 것 같은 표정이었다. 음악은 좋았다. 옛 재즈풍이었다. 피아노가 아주 빨랐고 당연히 노래도 아주 빨랐다. 컨트리 영향을 좀 받은 백인 재즈였다. 두 번째 무대는 일렉트릭 재즈 기타와 재즈 드럼의 협연무대였다. 약간 멕시코 혈통이 느껴지는 기타 연주자는 중간에 아쿠스틱 기타도 연주했고 나중엔 땀을 흘리며 연주에 열중했다. 진솔했다. 특히 피아노를 치며 노래하던 노인의 음악이 순수했고 깊이 있는 울림이 있었다. 기타는 약간 느끼했고 지나치게 달콤하기도 했지만 불붙은 열정이 그의 기타 위에서 파랗게 피어나고 있었다. 나는 재즈 앨리의 발견이 흡족했다. 역시 잘 골랐어. 수준 있는 클럽이로군 하고 생각했다.

# 인디언 거주지
Indian Reservation

비록 셔츠를 입고 넥타이를 매지만
나는 아직도 가슴 깊이 인디언이라네.

1.

이튿날 다시 버스를 타고 프리몬트를 지나 워싱턴 주립대학이 있는 유니버시티 디스트릭트에 갔다. 한국 사람들이 참 많았다. 대학 앞 거리는 서울의 명륜동 성균관대 앞길 같은 기분도 들었다. 데리야끼를 먹는데 맛있었다. 한국 사람이 하는 식당이었다. 데리야끼 집에서 나와 한국인이 하는 카메라 상점에 들러 이것저것 물어보았으나 별다른 뾰족한 얘기가 없었다. 거기서 나와 워싱턴 주립대학 안으로 들어갔다. 햇살이 눈 부셨다. 캠퍼스 안을 서서히 돌아다녔다. 어딜 가나 한국말이 들려왔다. 핸드폰을 들고 친구와 대화하며 걸어가는 한국인 여학생도 보았고, 건물 모퉁이를 지나자 한국인 학생들 십여 명이 모여 와자지껄하며 흥겨운 분위기로 얘기하는 중이었다. 나는 너른 잔디밭에 누워 잠시 쉬기로 했다. 그러다 다시 일어나 걸었다. 자연사와 문화 박물관 버크Burke가 눈에 띄었다. 신이 나서 들어갔다. 사진전이 열리고 있었다. 동식물의 사진들이었고 환경보호 메시지가 담긴 전시회였다. 사진전 외에 세계 각국의 문화에 대한 전시관들도 있었다. 한국관에는 세종대왕의 초상과 한글 등이 전시되어 있었다. 뜻밖의 만남이었다. 언젠가 내가 그동안 방송작가 하면서 밥 먹고산 이유가 세종대왕이 창제하신 한글이란 생각에, 불현듯 이 고마움을 그냥 넘기면 안 되지란 생각이 들어서, 대한민국 최초로 세종대왕 헌정 콘서트를 여주 세종대왕 묘소 영릉 앞, 만남의 광장에서 개최했다. 한국의 가곡을 부르는 다섯 명의 여성 성악가들을 초대했다. MC는 한글과 바른 우리말 운동을 펼치는 방송인 정재환을 초대했다. 10월 9일 깊어가는 가을밤의 한글날 기념이었다. 그때 어느 원로 여류 성악가 한 분은 내가 초대의 뜻을 밝히자 그날 다른 일정이 있다면서 아쉬워했고 특이한 콘서트라고 했다. 그래서 뭐가 특이하냐고 물었더니 선녀탕도 아니고 왜 여류 성악가만 초대합니까 라고 되물었다. 나는 웃고 말았었다.

버크 박물관의 상설 전시물 중에는 인디언들의 문화를 보여주는 것들이 가장 많았고 장소도 가장 넓게 차지하고 있었다. 축복받은 이 땅 아메리카의 원주민이었던 인디언들의 문화는 이미 오래전부터 박물관의 유물로 남아 사람들의 눈요깃거리로만 남아있었다. 아메리카로 이주해 온 낯선 백인들을 인디언들은 얼굴 흰 사람들이라 불렀고 자신들을 지칭할 때는 얼굴 붉은 사람들이라 말했다. 인디언들이 점점 더 쫓겨 가고 죽어갈 무렵 시애틀을 근거지로 삼던 수콰미시 족과 두와미시 족의 추장 시애틀은 이렇게 백인들을 향해 고통스럽게 말했다. "얼굴 붉은 사람들에게 공기는 더 없이 소중한 것! 동물이든 사람이든 살아있는 모든 것들은 똑같은 숨결을 나눠 갖기 때문이다. 숲은 어디 있는가? 사라져 버렸다. 독수리는 어디 있는가? 사라져 버렸다. 짐승들이 사라지고 나면 인간은 혼의 깊은 고독감 때문에 말라죽고 말 것이다. 이제 삶은 끝났고 '살아남는 일' 만이 시작됐다. 이 넓은 대지와 하늘은 삶을 살 때는 더없이 풍요로웠지만, '살아남는 일' 에는 더 없이 막막

● 시애틀 워싱턴 주립 대학교 내 풍경

한 곳일 따름이다. 연어 떼를 보았으니 이제 나와 나의 부족은 행복한 얼굴로 돌아간다. 어쩌면 또 한 번의 행복한 겨울은 짐작에 그칠 뿐, 나의 부족에게 다시는 찾아오지 않을 꿈일지도 모른다. 우리는 당신들 얼굴 흰 사람들에게 밀려, 살아남고자 막막한 겨울 들판으로 뿔뿔이 흩어져야 할지도 모른다. 그러나 오늘 우리의 눈으로 직접 본 연어 떼의 반짝이는 춤을 나의 부족은 잊지 못할 것이다. 이것으로 내 말을 마친다."(류시화 『나는 왜 너가 아니고 나인가』, 김영사)

추장 시애틀은 시인이었다. 결국, 얼굴 흰 사람들의 총과 기차로 말미암아 활과 화살을 지닌 얼굴 붉은 사람들은 더욱 얼굴을 붉히며 겨울 들판으로 뿔뿔이 흩어져 갔다. 백인들의 총에서 나온 권력을 인디언 화살로 쏘아 맞혀, 얼굴 흰 사람들을 그들이 건너왔던 바다 건너 유럽으로 뿔뿔이 흩어지게 할 수 없었던 것이다. 아니 아예 그 기획조차 꿈조차 저항조차 없었던 것이다. 그렇다. 권력은, 지상의 모든 권력은 저항하지 않는 순종함을 먹고산다. 순종파들은 권력에 대해 시를 읊는다. 평화롭게 공존하자는 메시지를 담고, 하지만 권력은 공존이 없다. 성경 말씀에 나오는 함께 공동선을 이룩하라는 그 거룩한 뜻을 실천하지 않는다. 권력은 1%가 일치단결하여 99%를 완벽하게 요리해 먹는다. 지지고 볶는 인생은 1%가 만든 권력의 프라이팬(야만을 본질로 하고 인간성을 말살시키는 가운데 99%를 착취하고자 온갖 사악한 방법을 다 동원하면서 이를 99%의 대다수 선량한 국민을 위한 안정적 통치술이자 통치자의 기여와 헌신이라는 미명으로 받아들이게 하는 각종 독재 시스템)에 의해 그 삶이 그렇게만 살게 되어 있는지도 모른다. 그래서 99%는 살아남고자, 겨울 들판으로 뿔뿔이 흩어지지 않고자 1%의 장단에 무진장 하염없이 끝없이 허무의 춤을 출 뿐이다. 그리고 붉게 저녁노을이 물들어 오는 술시가 되면 자

● 시애틀 워싱턴 주립 대학의 버크 박물관

신의 이상한 패배와 온몸 구석구석 박혀있는 보이지 않는 덫의 아픔에서 벗어나려고, 아니 잠시라도 잊으려고 술병의 뚜껑을 비틀어 따는 것이다.

인디언들의 말 중에 특히 내 가슴에 와 닿았던 얘기는 인디언들은 백인들이 생태계라고 하는 대지를 어머니라고 부르는 것이고 땅의 나무들을 서 있는 부족이라고 부르는 것이었다. 나는 버크를 나와 버크 박물관 앞 잔디마당 근처의 나무 벤치에 앉았다. 햇살이 화살처럼 따끔거리지만 기분 좋게 내 온몸에 꽂히고 있었다. 나는 기꺼이 그 햇살의 화살들을 온몸으로 맞이하기 시작했다. 햇살은 권력이 아니라 사랑이었다. 나는 따스해졌고 햇살이 뜨거워질수록 마치 침, 뜸 시술을 받는 것처럼 점점 더 기분이 좋아졌고 온몸과 맘이 편안해져만 갔다. 내 안에 똬리 틀고 있던 긴장이란 뱀들이 스르르 저절로 풀려 내 밖으로 사라져가는 행렬이 보였다. 내가 앉아있는 나무 벤치는 누우면 내 몸 하나가 딱 들어맞는 크기였다. 나는 아예 누워 버렸다. 이렇게 되면 이 나무 벤치는 워싱턴 대학 한의원 회복실이 되고 태양은 나의 주치의가 되는 것이다. 그리고 끝없이 내 피부를 스쳐가는 시애틀의 바람결은 나의 물리치료사가 되는 셈이다.

학교 근처의 루즈벨트 웨이를 기분 좋은 고독감과 자유 충만의 느낌으로 걸었고 나무와 집들과 이따금 나타나는 예쁜 카페들 앞을 스쳐 지났다. 그러다 5번 고속도로를 가로지르는 길을 건너 프리몬트 디스트릭트가 있는 스톤 웨이 까지 6월의 산책을 즐겼다. 중고 음반가게를 지나 어느 밝은 카페에서 아메리카노 커피를 마시며 무가지를 들춰 공연 란을 살폈다. 엘튼 존의 공연이 9월에 있었고 암피Amphi 극장에서는 크로스비, 스틸즈, 내쉬 & 영의 콘서트 프리덤 어브 스피치Freedom of Speech가 7월 27일이었다. 이걸 보고가 말아? 말아야지. 난 단념한다. 그렇게까지 한가한 상황이 아니다. 그때까지 숙식을 해결할 돈도 없고 따라서 앞으로 살아갈 방도를 위해 돈을 벌어야만 한다. 갑자기 삶의 여행에서 살아남기, 아니 그건 너무 비참하다. 살아가기의 도전이 필요해졌다. 나는 좀 더 무가지를 들여다본다. 커피가 맛있다. 아트 뮤직 와인 써머 페스티벌이 눈에 들어온다. 다운타운 커크 랜드의 마리나 파크에서였다. 하지만 이 역시 7월14일부터 16일까지다. 아쉽게도 일정과 맞지 않았다. 제네시스의 공연도 있었다. 나는 나머지 커피를 홀

● 유니버시티 디스트릭트에서

짝 마셔 버리고 다시 길을 떠났다.

다리가 아파 버스를 탔다. 하지만, 버스는 뜻밖에도 99번 도로가 아닌 5번 고속도로로 빠져나가고 있었다. 이크 이쪽은 전혀 모르는데. 하지만, 그래 봐야 시애틀이다. 시애틀은 엘리엇 만과 워싱턴 호수 사이에 있다. 호수와 만 사이의 잘록한 허리모양의 동쪽 부분이 바로 시애틀 도심이었다. 그리고 가장 잘록하게 쏙 들어간 부분이 바로 파이오니어 스퀘어 쪽이다. 그 허리 에서 위로 올라가 브래지어 끈이 닿는 부분이 바로 유니온 호수의 물 떠였 다. 그래서 배꼽은 도심 남동쪽 퍼스트 힐과 비컨 힐의 사이쯤 되는 워싱턴 호숫가가 되고 젖꼭지는 유니버시티 디스트릭의 워렌 매그너슨 파크였다. 그리고 발라드 지역은 시애틀이란 여자의 등 부분이 되고 웨스트 시애틀은 바다를 향해 톡 튀어나간 엉덩이 부분이었다.

그래서 지금 버스 타고 내려가는 5번 도로는 레이디 시애틀의 목에서 어깨 를 거쳐 옆구리로 내려가는 길이었다. 초행길이어서 대충 감으로 내려야 했 다. 이렇게 매우 낯선 길을 가보는 것은 또한 여행의 재미이다. 나는 캐피털 힐 지역 적당한 곳에서 하차했다. 복고풍의 히피즘과 시애틀 특유의 광휘와 그 휘황찬란한 환상 속의 애잔하면서도 동시에 강인함이 반짝이는 이상한 분위기의 거리였다. 나는 그 거리를 걷고 또 걸었다. 노숙자들이 눈에 띄었 고 거리는 깨끗한 편이었고 상점들은 깔끔하게 멋을 내고 있었다. 갤러리와 카페를 지났고 스타벅스도 눈에 띄었으나 난 들어가지 않았다. 지도를 보기 도 귀찮아 그냥 감으로 걷고 또 걸어 시애틀 도심을 향해 걸었다. 그러다 조 금씩 한적해지는 주택가로 접어들었고 갤러리들이 드문드문 눈에 띄었다. 인디언들을 다 내쫓고 자연을 다 내쫓은 백인들은 그림을 통해, 예술을 통

● 워싱톤 디스트릭트에서

190

● 올드팝 LP 음반 가게

해 다시 인간과 자연을 만나고 싶어 했다.

하지만, 권력은 액자와 갤러리 안에 야성을 가둬 두려 애썼고, 동물원 우리에서 울부짖는 호랑이나 뛰어노는 원숭이들처럼 콘서트장 안 록의 포효와 아이돌 스타의 재롱을 통해, 사람들 영혼의 폭발을 조금씩 김새게 하고 있었다. 저항의 원료인 열정이라는 에너지가 혁명이라는 가스 폭발사고를 일으켜 권력이 무너질 것을 두려워하는 것 같았다.

나는 또다시 걷고 또 걸어 마침내 5번 고속도로 밑을 가로지르는 안전도로를 통해 데니 트라이앵글 지역으로 들어설 수가 있었다. 레이디 시애틀의 유방 바로 아랫부분이었다. 멀리 U.F.O처럼 생긴 스페이스 니들이 보였다. 좀 더 빨리 속보로 걸었다. 태양이 이젠 굉장히 뜨거웠다.

● 버크 박물관을 나와 휴식

# 눈물을 흘리고 있었다

Weeping

그는 두려움을 막으려고 철과 화염의 벽을 만들고
총을 든 사람들로 지켰지만
그것은 숨죽이며 눈물을 흘리고 있었다.

1.

시애틀에 서서히 해가 지고 있었다. 바람은 레이디 시애틀의 길고 긴, 그리고 한없이 탐스럽고 미칠 듯 황홀한, CF 헤어모델의 머리채보다 더 탐스럽고 영적인 엘리엇 만의 검푸르게 반짝이는 파도 물결을 더욱 높고 가파르게 일으키고 있었다. 호텔 앞 미루나무가 더욱 푸른 가슴으로 설레고 있었다. 레스토랑 신라의 간판 불빛이 켜지기 시작했다. 나는 숨이 막힐 것 같았다. 시애틀의 저녁 풍경은 마치 그 풍경 자체가 나의 연인 같았다. 시애틀…….
난 망설였다. 무언가 시애틀에 한마디 하고 싶었으나 무슨 말인지는 생각이 나질 않았다. 나는 침을 꼴깍 삼켰다. 그 옛날 학림다방에 이화여대 음대 여학생 앉혀 놓고 결국 한마디도 못하고 일어선 그때처럼 난 모든 언어를 잃어버리고 말았다. 데니 웨이의 숲에서도 바람은 으르렁거렸다. 숲의 한낮의 그늘은 이제 저녁 어둠으로 더욱 음습해져 가고 있었다. 베스트 웨스턴 호텔 앞의 건널목을 건너 레스토랑 신라로 향했다. 그러다 아차 싶었다. 아니지 이게 아니지 오늘도 재즈 앨리를 가야지. 선선한 바람 속을 쾌적하게 유유자적 걸어 재즈 앨리 가는 길은 흐뭇하기까지 했다. 재즈 앨리, 재즈 앨리, 난 속으로 그 이름을 불렀다. 어느새 재즈 앨리가 보이기 시작했다. 어둠이 담쟁이넝쿨처럼 서서히 번져가고 있었다. 재즈 앨리의 다정스런 노란 불빛이 날 오라 손짓하고 있었다. 입장료는 어제보다 비싼 40불이었다.

어제의 그 여종업원이 안내했다. 실내는 어제보다 더 어두워져 있었다. 오늘도 촛불이 테이블마다 빛나고 있었다. 가까스로 자리를 잡을 수 있었다. 대부분이 4~50대 중년들이었다. 주로 부부들이 많았다. 난 어둠 속에서 촛불의 빛에 의지해 벡스 맥주를 마셨고 무언가 음식을 먹고 있었다. 그러면서 뉴욕의 재즈 클럽 버드 랜드를 떠올렸다. 그곳도 이렇게 촛불이 빛났다. 재즈 맨 찰리 파커가 만든 버드 랜드의 재즈 공연도 좋았다. 그것은 뉴욕의 활기를 지탱하는 중요한 축이었고 재즈 앨리보다는 작았지만 아주 넉넉하고 아름답고 무엇보다 강인한 공간이었다. 그렇다. 재즈를 한다는 것은 강인한 것이다. 그렇다. 누구나 재즈를 꿈꿀 수는 있지만 재즈를 할 수는 없다. 내가 재즈를 한다고 말한 것은 재즈 연주자가 되거나 재즈 가수가 되거나 진정한 재즈 클럽을 개설하거나 그 재즈 클럽에 가서 재즈의 불꽃을 쪼이다 오는 재즈바라기의 시간을 말하는 것이다. 재즈 클럽 블루 노트에도 가긴 갔었다. 두 번째 뉴욕 여행 중이었다. 하지만, 블루 노트는 명성 때문인지 이젠 관광업소 분위기가 난다. 물론 그것도 그리 나쁘지만은 않으리라. 하나 나 같은 사람은 으슥한 게 좋다. 좁은 의자에 촘촘히 앉아서 마치 매상 올리려고 찾아온 그야말로 머릿수 채우러 온 느낌을 블루 노트에서는 지울 수가 없었다. 그 기분은 내가 촘촘히 앉아있는 사람이 아니라 촘촘히 심어진 노란 콩나물이 된 것 같아서였다.

식사를 다 마치기 전에 콘서트가 시작됐다. 오늘의 공연은 남아연방 출신의 싱어 송 라이터 부시 마흘라셀라의 무대였다. 덩치가 컸다. 푸근하면

● Blue Note Club

뉴욕6번가와 McDougal 가 사이에 위치한 Blue Note는 1981년 오픈 이후 세계의 최고 재즈 클럽 중 하나이자 뉴욕의 문화시설로 자리잡았다. 클럽의 주인이자 창립자인 Danny Bensusan은 뛰어난 재즈 아티스트를 발굴하면서 동시에 고객들에게 훌륭한 음악을 가까이 감상할 수 있는 기회를 제공하기 위해 클럽을 만들게 되었다고 말한다. 시간이 지나면서 Blue Note는 뉴욕타임즈와 각종 여행잡지에서 격찬을 받으며 전세계의 재즈 애호가들을 끌어 모아 Greenwich Village의 경제적 원동력이 되었다.

Blue Note가 미국의 음악이라고 할 수 있는 재즈의 역사 보존을 위해 고군분투하는 동안 이곳은 진보와 혁신의 장소였다. Chick Corea, McCoy Tyner, Joe Lovano, John Scofield, Chris Botti와 같은 유명 재즈 뮤지션들의 공연은 물론이고, Blue Note는 뉴욕의 재즈, 소울, 힙합, 알앤비, 펑크 유망주들을 소개하기 위해 Monday Night Series와 격주로 열리는Late Night Groove Series를 기획하기도 했다. 여기에 이 클럽이 특별한 또 다른 이유는 Stevie Wonder, Tony Bennett, Liza Minelli, 혹은 Quincy Jones와 같은 유명인사들이 객석에서 무대로 불려 나오는 광경을 심심치 않게 볼 수 있다는 것이다.

● 왼쪽 위 : 찰리 파커가 만든 재즈 카페 버드 랜드. 가운데 : 뉴욕 타임스퀘어 거리에서 힙합 공연. 아래 : 메디슨 스퀘어 가든에서 에미넴 공연 .

서도 넉넉한 인상이었다. 기타를 들었고 자리에 앉자 혼자였지만 무대가 금세 충만해졌다. 좋은데! 라고 나는 생각했다. 그리고 남은 음식을 조금씩 입에 넣고 우물거려 먹어 치우려고 애썼다. 맥주를 마셨다. 그리고 무대를 바라보았다. 부시 마흘라셀라VUSI MAHLASELA는 갈색 남방셔츠에 흰 티를 받쳐 입었는데 그 티에는 666이란 숫자가 가슴팍에 거친 터치로 인쇄돼 있었다. 666? 저거 기분 나쁜 그 무엇 아닌가? 요한 계시록 13장(계 13:18 지혜가 여기 있으니 총명 있는 자는 그 짐승의 수를 세어 보라 그 수는 사람의 수니 육백육십 육이니라)에 나오는 그 숫자 아닌가?

노래가 시작됐다. 부시 마흘라셀라의 목소리는 아프리카 민요를 뿌리로 하여 나직하게 얘기하듯 시작됐다. 흥분 대신 따스한 온유함의 선한 길에 대한 권유가 있었다. 그의 노래 에너지는 재즈 앨리에 천천히 물결쳐 갔다. 오직 스스로 연주하는 통기타 반주 하나와 그의 목소리뿐이었다. 편안한 모던 포크적 요소도 있었다. 얼핏 폴 사이먼 영향이 느껴졌다. 그래서인지 그의 노래는 도시적 감수성을 간직했다. 가볍게 속삭이듯 부르는 부분이 많았고 어딘가 고독한 냄새가 났다. 그래도 콘서트가 중간쯤이 지나자 비트가 빨라지는 노래 웬 유 컴백When You Come Back을 부르다 말고 기타는 놓아둔 채 손뼉을 치며 덩실덩실 춤추기도 했다. 그의 몸은 오래된 참나무처럼 육중했지만 그의 영혼은 나비처럼 가벼웠다. 촛불과 그의 노래와 어둠이 그렇게 잘 어울릴 수가 없었다. 콘서트 내내 재즈 앨리를 찾아온 모든 관객들은 그의 티셔츠에 인쇄된 666에 대한 궁금증을 풀 수가 없었다. 거의 끝 무렵 그가 입고 있던 남방셔츠를 벗어젖혔다. 그러자 가려져 있던 나머지 숫자 두 개가 더 나타났다. 거기엔 46664라는 다섯 글자가 인쇄돼 있었다. 그가 설명했다. 46664란 숫자는 흑인 인권을 위해 헌신해 온 노벨 평화상 수상자 넬슨 만델라의 죄수 번호였다. 64년 입감된 466번째 죄수라는 표식이었

● 시애틀 뒷골목

다. 27년간 교도소생활을 하면서 자신을 가둔 백인들이 밉고 저주스러웠지만 그럴수록 더 괴로운 교도소생활에서 만델라는 어느 날 하나님 음성을 듣는다. '용서해라. 널 가둔 저들을 용서해라. 그래야, 네가 살고 또 그들이 산다.' 부시 마흘라셀라는 흑인 인권을 위해 그리고 세계인들의 인권을 위해 살아온 넬슨 만델라의 정신을 지지하고 그의 행동을 따르는 음악인이었다. 재즈 앨리의 모두가 숙연해졌다.

부시 마흘라셀라가 이번엔 일어나 기타를 메고 노래하기 시작했다. 위핑Weeping이었다. 노래는 슬픔에 목이 메는 듯했고 기타는 간결하면서도 깊이 있었다. 콘서트가 깊어가고 있었고 무대 위 그의 평화로운 마음이 바람이 되어 객석으로 불어오고 있었다. 그 바람에 실려 저마다 영혼이 재즈 앨리의 하늘로 둥둥 떠올랐다. 콘서트가 앙코르 순서까지 다 끝난 다음 부시 마흘라셀라는 무대에서 사라졌다. 무대가 텅 비었다. 하지만, 그의 노래의 여운은 모두의 가슴 속에서 여전히 아름답게 물결치고 있었다. 그렇다. 좋은 노래는 듣는 영혼에 대한 예의가 있다. 그 노래는 조금씩 파고들지만 결국 우리가 그 노래를 떠나보내지 않는다. 그래서 노래 속의 위대한 영혼은 우리들의 삶과 하나 되어, 진정한 역사가 된다. 밝게 빛나 우리가 넘어지고 아파할 때마다 일으켜 세우고, 상처를 어루만져주곤 한다. 부시 마흘라셀라의 노래가 그랬다.

나는 의자에서 일어나 바를 바라보았다. 많은 사람이 그의 음반과 만델라 죄수 번호가 인쇄된 인권운동 기념 티셔츠를 사고 있었다. 나도 줄을 섰다. 나는 음반만 샀다. 부시 마흘라셀라가 기타에 이마를 대고 웃는 사진이 커버 디자인이었다. 그의 웃는 눈이 음악의 바다를 헤엄쳐 가는 물고기 한 마리 같았다. 음반을 손에 집어 들고 카드를 내밀었다. 카드를 받던 여자가 나와 눈이 마주쳤다. 우린 둘 다 잠시 멍한 표정으로 서로 바라보았다. 여자가 카드를 힘없이 떨어뜨렸다. 등 뒤에 줄을 서 있던 사람들도 전염됐는지 멍하게 서 있었다. 아주 짧은 순간이었지만 그랬다. 멋쟁이 백인 아줌마 한 사람이 티셔츠와 음반을 집어 들고 달러를 꺼냈다. 기다리게 하지 말라는 눈치를 주는 것이다. 내가 그 계산을 먼저 하라는 시늉을 손으로 가리켰다. 그리고 떨어진 내 카드를 천천히 주워 다시 내밀었다. 여자가 재빨리 백인 아줌마의 물건을 계산하고 내 카드를 받아 카드기에 북하고 긁었다. 여자는 카드기만 바라보았다. 나는 마땅히 시선을 둘 곳을 못 찾아 여자 등 뒤의 벽면을 바라보았다. 그냥 아무것도 없는 하얀 벽면이었다. 나는 영수증에 사인하고 다시 여자에게 내 주었다. 여자가 재빨리 말했다.

"맞죠?"

나는 고개를 끄덕였다. 여자의 입가에서 재빨리 미소가 스쳐갔다.

"저기……. 음……. 그래요. 나 여기 정리만 되면 다 끝나요. 기다릴 수 있어요? 가지 마세요."

나는 고개를 끄덕였다. 참 반가웠다.

"재즈 앨리 문 앞에 있을게. 기다릴게."

"오케이."

여자가 알았다며 짧고 작게 손을 흔들었다. 나는 재즈 앨리의 계단을 천천히 걸어 올라갔다. 이런 일도 있구나. 가슴이 두근댔다. 나는 재즈 앨리 뒷골목 마당에 서 있었다. 밤이 깊었다. 나는 여자를 기다리느라 서성거렸다. 10분쯤 지나자 여자가 나타났다. 눈이 크고 스무 살쯤 되어 보이는 앳된 얼굴의 여자가 그녀와 함께 나타났다.

"저기 인사드려. 엄마 옛날 애인, 아닌가?"

여자의 딸이 웃었다.

"안녕하세요?"

"아, 안녕! 반가워요."

"네. 우리 딸. 아주 예쁘죠? 진짠 줄 알겠다."

"어머, 엄마 나빠요."

"우리 딸이 미국 엔터테인먼트 회사에서 일해요. 오늘 공연도 그 회사에서 전국 재즈 클럽 순회공연 하는 거예요. 그래서 내가 도와준 거예요."

여자가 차 키를 딸에게 주었다.

"너 일단 혼자 호텔 가 있어. 이따 전화하면 나 데리러 와야 해. 알았지?"

딸은 키를 받아들고 고개만 까딱하고 가 버렸다. 둘만 남았다. 내가 물었다.

"괜찮아?"

"뭐가요?"

"딸만 혼자 보내서?"

"괜찮아요. 아주 씩씩한 애예요. 나랑은 달라요."

"h는 씩씩한 건 아니고 용감하지?"

그렇다. h였다. h를 만난 것이다. 이럴 수도 있구나. 산 설고 물설고 낯설은 사람들만 득실거리는 시애틀에서 더구나 동양인들은 잘 안 나타나는 재즈 앨리에서 h를 만나다니, 영화 같은, 소설 같은 일이 내 앞에 일어난 것이었다. 내가 물었다.

"어디 갈까?"

"아무 데나. 커피 마셔요. 아니 맥주도 한 병은 마시니까."

"그래? 그럼 요기서 조금만 걸으면 내가 묵는 호텔 앞에 신라라고 있어. 거기가 늦게까지 해. 가자."

내가 앞장을 섰고 밤바람이 시원한 가운데 우린 걸었다. 달도 보이고 별도 보였다. h가 침묵을 깼다.

"내 생각했어요?"

난 잠시 생각했다. 대답을 할까? 대답을 하기로 했다.

"생각했었어. 작년부터 이상하게 생각이 났었어."

"피이, 겨우 작년, 난 오래됐어요."

"진짜야?"

"그럼요. 난 벌써 몇 년 전부터 아저씨 홈페이지 들어가 봤었어요. 근데 그 여잔 누구예요? 그리움이라는 이름으로 만날 이상한 시 쓰는 여자. 좀 유치하지만 아저씨 좋아하나 봐요. 굉장히."

"스토커."

"행복하시겠어요. 스토커도 다 키우시고."

"자생적인 스토커야. 키운 적 없어."

"설마 뭔가 그래도 빌미를 제공했겠죠."

난 가슴 속이 뜨끔했다. 하지만, 다행히 떳떳한 것은 시 쓰는 스토커와
는 단 한 번도 얼굴을 보거나 커피 한잔한 적이 없다는 사실이었다.

"빌미? 그런 거 없어? h는 어떻게 지냈어?"

"뭘 어떻게 지내요? 먹고살기 바빴죠. 사람 사는 거 다 거기서 거기지.
다 똑같은 거 같아요."

"다 똑같아?"

"그래요. 다. 왜요? 기분 나빠요? 아저씨는 개성 강한 사람인데 다 똑같
다고 해서 실망했어요?"

"조금."

걷다 보니 신라에 당도했다. h가 맥주를 주문했고 나는 맥주에 참이슬
을 비볐다. 안주는 내 취향 따라 한치와 땅콩.

"배 안고파? 배고프면 뭣 좀 더 시킬까?"

"아뇨. 이따 봐서요."

그리고 우린 마주 보고 웃었다. 느닷없이 만났다는 사실이 어처구니없
기도 하고 기적 같기도 하고 아무튼 이럴 수도 있구나 하고 둘 다 놀란 것만
큼은 분명했다. 그리고 무엇보다도 반가웠다. 우린 술잔을 채웠다.

"자, 짠 한번 하자."

"좋아요."

그렇게 얘기가 시작됐다. h가 주로 얘길 했다.

"아저씨하고 헤어지고 나서, 아니 뭐, 헤어진 것도 아니죠. 나만 좋아했나? 그랬던 것 같기도 하고 아무튼 좋아했으니까 그 자취방에 찾아갔겠죠? 참 몽롱한 추억이에요. 어떻게 아저씰 만나 그 방에 갔었는지 그런 중간 얘기들이 하나도 기억이 안 나요. 아저씨가 일주일 만인가 나 보고 가라고 했잖아요. 날 내쫓은 사람. 나쁜 사람."

"미안. 그때 난 고뇌하는 청춘이었거든."

"지금은?"

"모르겠어."

"아무튼, 그때 참 서럽기보다는 서운했어요. 그래서 하는 수 없이 집으로 갔죠. 그리고 이불 뒤집어쓰고 보름은 잤을 거예요. 하지만, 상사병은 아녜요. 자만하지 마세요. 아무튼, 일단 그때 왜 날 내쫓았어요?"

"왜? 그래, 인생사 모든 게 다 왜가 있지? 왜를 알아야 진실을 아는 거지. 얘기할게. 음……. 난 그때 방송작가 하면서 기왕이면 글을 잘 쓰고 싶었어. 세상에서 제일 글 잘 쓰는 작가가 되고 싶었어."

"그럼 여자 경험이 있어야, 사랑을 해야 글을 잘 쓰지. 저렇게 작가란 사람이 나보다 몰라."

"그런가? 아무튼, 글을 잘 쓰기 전에는 난 아무것도 할 수가 없었어. 자유롭게 글이 안 되는 거야. 숨 쉬듯 그렇게 자연스럽게 살아있는 글을 쓰고 싶었거든."

"그래서 이젠 글 잘 써요?"

"음, 잘 쓸 것 같아."

"어떻게요?"

"그냥 있는 그대로 쓰면 되는 거지. 그런데 그걸 처음부터 그렇게 쓰면 됐는데 뭔가 특별한 비밀이 있겠지 하고 돌고 돈 거야. 수십 년이 더 걸린 셈이지."

"그년, 수십 년, 나쁜 년."

"하하, 위트가 있는 줄은 몰랐네. 하하, 이젠 잘 쓴 글이 목적이 아니야. 글로써 삶을 풍요롭게 하고 자유롭게 하고 싶어. 나뿐만이 아니라 가능하다면 주변 사람들까지도. 내가 이상한 것인지 그런 글을 만나기가 쉽지가 않아. 가짜가 많은 세상이라 생각해. 이제 정말 진짜가 나타나야 할 때 아닌가?"

"아저씨가 그 역할을 하세요."

"그럴 수 있을까? 그러고는 싶어. 사람은 누구나 옥합을 깨뜨리고 그 안의 향유를 누군가의 발에 시대의 발등 위에 발라줘야 할 때가 있는 거지. 하지만, 그걸 하지 않으면 옥합 안의 향유는 썩어버리거나 휘발되고 말지. 그래, 난 글로 나 자신과 세상의 잘못된 권력들을 다 부숴버리고 싶어."

"그래도 좋은 의미의 권위는 필요하지 않나요?"

"사실 권위마저도 필요 없을 것 같아. 진짜 예술은 이미 그 자체로 온 우주에 가득 찰 테니까."

"어려워요."

"마시자."

술을 한 모금 마시고 난 h가 정색하고 물었다.

"아, 그런데 나한테 궁금한 거 없어요."

"먼저, 하나 물어볼게."

"좋아요. 뭐든지 물어봐요."

"저기…… 흠……. 그러니까 그때 일주일 동안 우리가 같은 방에서 잠을 잔 셈인데 그때 우리가 했니?"

"아우, 내가 저럴 줄 알았어. 아니 어떻게 그런 질문을 그딴 식으로 해

요? 그리고 미안하지만 나는 그 방에서 일주일을 잤지만 아저씬 이틀밖에
안 들어왔어요."

"이틀? 그럼 내가 다른 날은 어디 가서 잤지?"

"그건 모르죠. 하루는 들어와서 뚝 떨어져 잤고, 마지막 날 밤엔 날 팔
베개만 해줬어요. 그게 끝."

"아, 그랬어. 맞아. 그랬지."

"이번엔 내가 물을게요. 아저씨, 그 홈페이지의 시는 봐도 잘 모르겠던
데, 그게 무슨 시예요?"

"초현실주의."

"아저씨는 알죠? 쓴 사람이니까, 무엇에 대해 썼는지."

"아니. 몰라. 일주일만 지나도 몰라. 난 그랬어. 내가 봐도 모르는 시를
쓰고 싶었어."

"아무튼, 독특해요."

난 조금 어색한 가운데, h 덕분에 그동안 잃어버린 시간을 복원하기 시
작했다. 그리고 우린 좀 더 마셨고, h는 딸에게 전화를 걸어 자신을 데리러
오라 했고 딸은 얼마 후 나타났다. 우릴 조금 신기하게 보는 것 같았다.

# 참새를 태운 잠수함

1.

이튿날 새벽, 호텔 전화벨이 울렸다. 누구지? 모닝콜을 신청한 것도 아닌데.

"여보세요?"

"나예요. h."

"어, 잘 들어갔어?"

"네. 잠 깨워서 미안해요. 하지만, 여행 왔으면 좀 많이 보고 가야 하지 않아요?"

"그렇겠지."

"그럼 오늘 내 부탁 들어줘요."

"뭔데?"

"시애틀의 영산 마운틴 레이니어. 거기 꼭 가 봐야 해요. 내가 호텔에다 물어보니까 오전 8시에 출발한대요. 레이니어 가는 차가 있어요. 그걸 타고 레이니어 갔다가 통나무집 하룻밤 예약해 놨거든요? 거기서 하루 묵어요.

● 마운틴 레이니어 가는 길의 휴게소 실내

굉장히 좋대요. 혹시 내가 일 끝나고 갈지도 모르니까 기대해 봐요. 시애틀에서 95마일, 두 시간 반 걸려요. 그럼 바이."

"야, 야."

전화가 뚝 끊겼다. 시계를 봤다. 7시. 10분만 더 자자. 나는 다시 덜렁 누웠다. 10분에 10분을 더 잔 다음 더 이상의 잠을 뿌리치고 나는 서둘러 샤워하고 식사하고 7시55분, 로비로 나갔다. 잠시 후 흰 승합차가 도착했고 운전사가 내려 명단을 불렀다. 베스트 웨스턴 호텔에서는 나와 어느 백인 노부부가 승합차를 탔다. 가는 길에 운전사가 먼저 승합차 탄 사람들과 나중 탄 우리를 양측에 서로 소개했다. 기사는 몇 군데 호텔을 더 돌아 사람들을 더 태웠고 결국 차 안이 꽉 찼다.

시내를 빠져나가는데 출근 시간이어서 시간이 좀 걸렸다. 마침내 시내를 벗어나자 차는 달리기 시작했다. 서서히 집들이 드물어지고 첫 번째 휴게소는 마운틴 레이니어가 아직 안 보이는 곳의 기념품과 먹거리 파는 집이었다. 30분쯤 머물렀다. 저마다 무언가 사 먹고 커피를 마시고 몸에서 물들을 뺐다. 깨끗한 공기가 살갑게 바람에 실려와 내 살갗에 닿았다. 나는 주변을 산책했다. 그러다 다시 출발했다. 호수가 보이고 농장을 지나쳤다. 500년 묵은 나무들이 보통이라는 마운틴 레이니어 발치의 숲 속은 한없이 깊어 보였다. 가이드는 가던 도중 정차를 하고 숲 속으로 안내하기를 서너 차례 했다. 길 한가운데 어찌나 나무가 큰지, 고목 밑둥 움푹 파인 곳으로 차가 지나가기도 했다. 폭포와 계곡을 구경하려고 하차하기도 두 번인가 했다. 기사는 마운틴 레이니어의 자연환경을 보호하고자 아무것도 꺾지 말고 갖고 가면 안 된다고 여러 차례 신신당부했다. 서서히 차가 오르막길로 오르기 시작했다. 속도가 느려졌다. 사슴들이 길가로 횡단하기도 수차례. 낙원 같았다.

목적지에 도착하기 직전 전망 좋은 곳에서 정차했다. 사진들을 찍고 고요하고도 높은 산길에서의 전망을 즐겼다. 마운틴 레이니어가 멀리 올려다보였다. 산은 품격 있어 보였고 부드러운 느낌이었다. 기사가 내 디카를 달라고 하더니 내 사진을 찍어 주었다. 다시 차에 올랐고 20분쯤을 더 올라 마침내 마운틴 레이니어의 파라다이스 휴게소에 도착했다. 커다란 목조 건물이 눈에 들어왔다. 휴게소부터는 온통 흰 눈으로 덮인 마운틴 레이니어를 한참 올려다볼 수 있었다. 그냥 바라만 보아도 좋았다. 그렇게 마운틴 레이니어를 보는데 문득 한없이 커다랗고 거룩한 하얀 손길이 마운틴 레이니어의 정상부터 산 아래까지를 가만히 보호하는 손짓으로 부드럽게 쓰다듬는 것처

● 마운틴 레이니어 가는 길

208

럼 보였다. 분명히 보았다. 잊을 수 없는 광경이었다. 꿈도 아닌데 꿈속에서
나 볼까 말까 한 광경을 볼 수 있었다. 눈 쌓인 마운틴 레이니어를 조금 올
라가 보았다. 하지만, 눈이 깊어서 혹은 햇볕에 눈이 녹아내려 질퍽거렸기
에 더는 오를 수가 없었다.

휴게소에 비치된 한글로 된 마운틴 레이니어Mt. Rainier의 소개 글을 읽었다.
산의 정상은 해발 4,392미터. 케스케이드 산맥의 최고봉. 일본 후지산 3,776
미터보다 높음. 지구 위 공식 최대 강설량은 마운틴 레이니어의 남단, 내가
서 있는 파라다이스에 71년과 72년 겨울 사이에 내린 28.5미터. 최초 등정
1870년 8월. 흑 곰과 퓨마를 볼 수 있음. 마운틴 레이니어의 등정을 위해 매
년 8,000명이 시도, 이 중 반 이상이 성공. 등정 소요시간 이틀. 단독등반은
공원관리소장의 허가가 있어야 함. 잦은 날씨 변화와 겨울철 눈사태 주의
요함. 빙하에서 터져 나오는 물에 주의 요함. 먼지 구름이 계곡 위로 올라가
거나 시끄럽게 흘러 내려오는 소리를 듣거나, 신선한 초목 냄새가 바람에
실려 올 때는 재빨리 언덕 위로 올라가서 급류로부터 피해야 함.
　　대기가 맑아서 먼 데까지 잘 보였다. 마운틴 레이니어Mt. Rainier는 나를

● 마운틴 레이니어 가는 길에서

● 마운틴 레이니어의
깊숙한 고요와 웅대한 바람을
느껴 보세요.

압도했다. 나는 기꺼이 감사히 압도당했고 그의 가슴에 푸근히 안기기로 했다. 왠지 소망을 기도 올려야 할 산 같았다. 아니 산이라기보다 이미 거대하고도 위대한 신전이었다. 여긴 인간의 냄새가 없었다. 세계에서 재산 많기로 1, 2등을 다투고 빈곤은 자본주의의 실패라 했고, 시애틀의 워싱턴 호수 남쪽 머서 아일랜드, 그 섬의 루더 버뱅크 파크의 대저택에 산다는 빌 게이츠의 재산과 영향력도 왠지 마운틴 레이니어 앞에서는 작은 들풀 같기만 했다. 그의 전 재산을 다 털어도 마운틴 레이니어는 만들 수도 살 수도 없을 것이다. 차는 한 시간 정도 파라다이스에서 머물렀고 일행은 다시 차에 올라 하산해야 했다. 내려가는 길에서도 산양과 사슴들을 볼 수 있었다. 어찌나 천진하게 돌아다니는지 사람들을 전혀 두려워하지 않았다.

꽤 많이 산에서 내려왔을 무렵 통나무 집 몇 개가 눈에 띄었다. 기사는 h가 예약해 놓은 거기서 하차시켜 주었다. 나는 팁으로 10달러를 주었다. 내가 파라다이스로 올라가면서 저런 데서 하룻밤 자면 좋겠다고 생각했던 바로 그런 곳이었다. 키 큰 나무와 마운틴 레이니어의 정상이 그려진 파란 유니폼의 흑인 여직원이 날 안내했다. 6월인데도 바람 소리가 그 서늘함이 마치 가을 같았다. 실내엔 주방과 거실 그리고 방 두 개, 화장실 하나가 있었다. 사방으로 창문이 설치되어 있었다. 두툼한 통나무와 적절한 크기의 유리창이 보기 좋았다. 아주 가끔 하산하는 차들이 지나갔다. 약간 냉기가 도는 것 같았다. 커피를 마시기로 했다. 가스불을 켜고 물을 끓였다. 창밖을 내다본다. 길을 건너던 사슴 한 마리가 물끄러미 날 보다 나와 눈이 마주치자 경중거리며 뛰어 숲 속으로 금세 사라진다. 사슴이 사라진 먼 들판에 붉은 꽃, 노란 꽃, 보라 꽃, 흰 꽃들이 가득했다. 천상병 시인의 들국화가 생각났다.

● 마운틴 레이니어의 파라다이스 휴게소

212

다시 올까
다시 올 테지
너와 내 외로운 마음이
순하게 겹친 이 순간이

그 꽃들 너머 뾰족뾰족 하늘을 찌르는 전나무들이 가득했다. 스무 살 시절
참 좋아했던 시였다. 그 시절 목숨 바쳐 사랑할 그 무엇이, 그 대상이 반드
시 필요했었다. 그래서 한동안 앞으로 남은 긴 세월 돈을 벌어 행복할까? 정
신적인 삶을 살아 행복할까? 생각하다가 그리 깊이 생각지도 않은 채 선뜻
마음내키는 영혼의 삶을 선택하기로 작정을 했다. 그리고 그 방법의 하나가

기타를 들고 노래하는 것이었다. 그리고 뜻이 있는 곳에 길이 있다고 그렇게 노랠 만들기 시작하자 한국 최초의 룸살롱이었고 당시 최고위 정치가들이 모여들어 술 마시던, 명동의 그 룸살롱 지배인 하던 선배 한 사람이 어느 날 불쑥 날 찾아오더니 다짜고짜 내 손목 이끌고 한국일보 소강당을 찾아가 덜컥 공연계약을 했다. 구자형 작곡 발표회, 요즘 식으로 말하면 콘서트다. 예전엔 콘서트란 말이 없었다. 극장 쇼 아니면 리사이틀이었고 주로 통기타 쪽은 작곡 발표회라고 했다. 그때 내 친형이 이런 제안을 했다.

"야, 공연을 하려면 공연 타이틀이 있어야 해."

"공연 타이틀이 뭐예요?"

"그런 게 있어. 내가 하나 지어줄게."

"뭔데요?"

"참새를 태운 잠수함."

"그게 무슨 뜻이죠?"

"25시 작가 게오르규가 2차 대전 때 독일해군에 복무했어. 잠수함을 탔지. 그런데 잠수함이 요즘처럼 좋지가 않아서 산소측정계기가 없는 거야."

"산소측정계기?"

"그래. 잠수함에 산소가 떨어지려고 하면 다시 바다 위로 올라가 산소를 꽉 채우고 다시 바다로 내려가는 거야. 하지만, 그런 산소측정계기가 없는 거야. 그 시절엔."

"그래서요?"

"그래서 주로 토끼를 태우고 다닌 거야. 토끼가 산소부족에 가장 민감하대."

"그래서요."

● 장엄하고 부드러운 만년설을 이고 있는 마운틴 레이니어와 그 숲 속

"그래서 그 잠수함에서 가장 몸이 약한 게오르규가 토끼를 보살피게 된 거야. 토끼 당번 이자 산소 당번이 된 거지."

"재밌네."

"그런데 어느 날 토끼가 죽었어."

"어, 죽었어요? 저런 쯧쯧……."

"그런데 전쟁 중에 더구나 바다에서 토끼 잡으러 다닐 수도 없고, 그래서 그 잠수함에서 가장 몸이 약한 게오르규가 토끼 역할을 대신했어. 말하자면 게오르규가 산소 부족에 가장 못 견뎠던 거지. 몸이 약하니까. 그래서 게오르규가 '아, 어지러워. 비상! 비상!' 하고 외치면 모두 잠수함을 바다 위

● 마운틴 레이니어 하산 길에서

216

로 상승시켜 산소를 공급했던 거고, 그래서 안전 항해를 지속할 수 있었던 거지."

"그래서요?"

"그런데 전쟁 후 게오르규가 작가 생활하면서 이런 말을 하는 거야. 어느 사회가 산소 부족으로 문제가 발생해 자칫 모두가 죽게 됐을 때, 그때 가장 그 사회가 병들고 썩어가고 죽어간다는 것을 미리 민감하게 알아차리고, 용감하게 외치고 경종을 울리며 사람들을 일깨워 그 사회를 다시 살게 하는 사람들이 바로 작가들이고 가수들이고 예술가들이라는 거지."

"와, 기가 막히네, 그거네, 그거, 내가 평생 할 일이."

"그래. 그러니까 공연 타이틀을 참새를 태운 잠수함으로 해. 너는 음악이니까 토끼를 태운 잠수함이 아니라 참된 새, 또 한국 어디서나 볼 수 있는 작고 예쁜 새 참새로 가야 해."

그랬었다. 친형이지만 내게 인생의 눈을 뜨게 해 준, 영혼의 눈을 뜨게 해 준 스승이 바로 내 형이었다. 그 정신적 빚 때문에 나는 형에게 꼼짝을 못하는 편이다. 결국은 고개를 숙이고 마는 것이다. 그렇게 구체적인 방법으로 내 삶의 길을 제시해 주었기 때문이다. 그는 자본에 속박되지 않은 진정한 그 시대의 노래, 그래서 진정한 역사가 되는 노래를 꿈꾸었다. 그리고 그런 노래들이 전 세계에 울려 퍼질 수 있도록 스타 중심이 아닌, 함께 노래하는 민요정신에 의한 싱얼롱 형태의 참새를 태운 잠수함 무대가 도시마다 마을마다 생겨나길 바랐다. 그 첫 공연은 3인조 밴드로 했다. 내가 기타연주와 자작곡 먼 데까지, 기본 작전, 코끼리를 아시나요, 벌판에 서서, 지팡이 같은 노랠 불렀고 내 친구 안세열이 베이스 기타를 쳤고, 롬 살롱 지배인 그 선배가 미8군 대령 아들 마크 토마스를 드럼으로 참여시켰다. 마크는 미국에서 고교시절 록 밴드를 했었다. 하모니카도 잘 불었는데 아무리 권해도 무대에서 하모니카는 연주하지 않았다. 드럼은 자신 있지만 하모니카는 아직 공연에서 선보일 정도가 아니라는 것이다. 프로의식이 있었다. 아무튼, 그 첫 공연 이후 공연 타이틀이 나 혼자 공연할 때 쓰기엔 너무 아까운 것 같아서 형에게 통기타 음악운동 모임을 만들자고 제안했다.

그래서 포크 & 가스펠 통기타 모임 참새를 태운 잠수함이 시작됐고 여기에 강인원, 전인권, 한돌, 유한그루, 한영애, 이주호, 남궁옥분, 최성호, 임길호, 추혜란, 명혜원, 안혜경, 권영인, 이종만, 이권혁, 최종욱, 김정은, 문성희, 이혜화, 서울대 메아리의 박용범, 한동헌(무순) 등이 참여했었다. 이후 90년 겨울엔 신현대, 김현성, 윤도현 등이 참여했었다. 아무튼, 참새 초기의 그 시절 내 꿈은 한국 언더그라운드 음악운동의 뿌리를 왕창 깊이 내리기였다. 음반사 유혹에 넘어가지 않고 음반사에 기웃거리지도 않고 돈 벌려고 음악하지 말고 시대의 아픔을 가장 먼저 비명처럼 노래 부르는 참새들이 끝까지 전진해 나가길 원했다. 그렇게 20년만 가면 한국에도 미국처럼 든든한 풀잎처럼 싱그러운 언더그라운드 음악계가 형성되어 참된 노래들이 강물처럼 도도히 흘러갈 것 같았다. 하지만, 첫 음반이 나오고 나자 여기저기 음반사로 소속되면서 그 꿈은 사라지고 참 안타까웠다. 아무튼, 그 시절 참 기타열심히 쳤고 작곡했다.

커피를 두잔 째 마시고 있었다. 한잔 갖고는 부족했다. 커피를 다섯 잔쯤 마시면 잠이 잘 안 왔으나 석 잔까지는 좋았고 무난했다. 어느새 마운틴 레이니어 산기슭에 어둠이 차곡차곡 쌓이기 시작했다. 통나무집 실내를 둘러보았다. 벽난로가 눈에 들어왔다. 그 앞에 마른 장작이 쌓여 있었다. 불을 지피기로 했다. 배낭 안에 무가지를 꺼내어 불쏘시개로 삼았다. 그리고 불

● 마운틴 레이니어의 빛과 숲

을 붙였다. 불길이 훌쩍 솟아올랐다. 불길이 혀를 날름거렸다. 연기가 피어올랐고 나는 조금씩 큰 나뭇가지들을 던져 넣어 불길을 키웠다. 불씨가 어느 정도 쌓였다. 장작을 서너 개 집어넣었다. 불이 잘 붙었다. 그제야 내 핸드폰 벨이 울리고 h의 목소리가 들려왔다. 곧 도착하겠다고 했다.


2.

통나무 집 실내로 들어서는 h의 얼굴이 밝아 보였다. 한 보따리 무언가를 싸들고 왔다. 안주와 맥주 그리고 와인이 나왔다.

"오, 와인!"

"좋죠?"

"흠…….  어디 거지?"

"오리건 와인. 2001년산 ANA."

"애나?"

"포틀랜드가 그렇게 좋았다면서요? 그래서 샀어요."

"아, 그래? 고맙다."

"어쭈, 이젠 인사도 다 할 줄 아네요?"

"나 많이 늘었어."

"아직 멀었네. 이 사람아."

"좋아. 인정할게. 알고 있어."

치즈와 과일, 육포가 안주로 등장했다. h는 와인까지 땄다. 주방에서 와인 잔을 꺼내 왔다. 콜콜 소릴 내며 와인이 흘러나왔다. 잔이 붉게 물들었다. 우린 잔을 쳐들었고 먼데서 흑 곰이 걸어가고 있었다. 흑 곰의 등 뒤로 달빛 실은 바람결이 우수수 몰려가고 있었다.

"반가워요."

"반가워."

"잔을 부딪치고 우린 기분 좋게 마셨다."

"왜 나한테 안 물어봐요?"

"뭘?"

"내 가족관계."

"그냥 상상하는 재미가 있으니까."

"두려워서 안 물어보는 거죠?"

"뭐가 두려워?"

"남편이 있을까봐."

"그럼 다행이지. 내가 책임질 일 없으니까."

"오, 농담치고 기분 나쁜데?"

"성년의 여자는 결혼, 미혼, 별거, 이혼, 동거, 바람, 아니면 샤워하기 귀찮아서 모든 섹스 사절하는 여자, 대강 이렇게 7가지 사례 중의 하나 아닌가?"

"아뇨. 그래서 아직 멀었다는 거예요."

"그럼 뭐야?"

"남자는 여자의 몸을 얻었지만 마음을 못 얻는 경우가 너무 많죠. 결혼해서 아이들을 주렁주렁 낳았다 해도."

"그래?"

"남자가 여자의 몸도 얻고 마음마저 얻었다면 그 남자는 성공한 거예요. 그래서 세상의 여자는 마음마저 준 여자와 마음을 못 줘서 쓸쓸한 여자 이렇게 두부류만 있답니다."

"졌다. 그렇게 심오하게 말할 수도 있구나."

"아무래도 작가는 내가 할까 봐."

"뼈아픈 얘기고 자존심 팍 상하네."

"분발하세요."

h는 예전 참새를 태운 잠수함 사람들 얘길 들려 달라고 했다. 나는 아는 대로 쭉 얘길 이어 나갔다.

"툭하면 광화문 지하도에서 소주 마시던 영인이는 죽었어. 교통사고로. 장애인 친구 업고 무단횡단 하다가, 술을 많이 마셨나 봐. 둘 다. 친구는 살았고. 대학로 바탕골소극장에서 추모공연 했지. 술 취하면 꼬장 참 많이 피우던 놈인데. 권영인이가 남긴 노래 중에 들국화가 있는데 소리 둘이 불렀지. 참 좋아. 그때 권영인을 좋아하던 참새 여자회원 하나는 수녀가 됐고, 물레 불렀던 유한그루는 영국 갔었어. 무용 공부하러 갔는데 처음에 돈이 없어서 트레일러 밑에서 잤대. 어느 날 트레일러가 새벽같이 시동 걸고 출발하는 바람에 죽을 뻔했고, 그러다 잠시 한국에 왔었어. 나한테 전자수첩 선물하고 떠났는데 그다음부터 아무도 소식을 몰라.

곽성삼은 여전히 떠돌이야. 혼자 살고. 목사 동생이 음반 만들면 돈 도와주고 그러는 것 같아. 곽성삼은 귀향이란 노래가 참 좋지. 명곡이야. 죽은 후배가 또 있네. 최종욱이. 참새 처음 와서 자작곡 부르는데 어디로 갈꺼나란 노래였지. 봉천동 산동네 무허가 자기네 집 철거되던 날 만들었던 노래. 참새가 흩어지고 나서 가사를 여러 편 썼어. 그때 가끔 날 찾아왔고. 그러다 기타 하나 남기고 결혼 한지 얼마 안 된 부인 남기고 자살했어. 그 이후 이종만이가 거기에 곡을 붙였지. 장돌뱅이, 음악이 생의 전부는 아니겠지만. 이종만은 다시 그 이후 찬불가 동요 만들었고.

그러고 보니 죽은 사람이 많네. 황세환 PD도 죽었어. 참새 시절 몇 번 와서 노래했지. 서강대 방송국 가서 내가 노래 잘하는 사람 추천해 달랬더니 황세환 PD를 소개해 주었지. 폴 앵커의 크레이지 러브를 참새에서 노래했었지. 와, 그 격정, 대단했지. 스스로 별명이 크레이지 황, 지저스 황이라고 했었지. 그러다 MBC 입사했고 황세환 PD가 날 별이 빛나는 밤에 작가로 오라고 했지. 알콜 중독으로 아팠어. 위암으로 세상을 떠난 거야. 참 아이디어도 많고 멋도 있고 낭만도 있는 사람이었는데 아까워. 동국대 다니며 참새에 와서 제3세계 빈민의 현실을 노래한 운동권 노래 이 세상의 절반은 나라는 노랠 부르던 임길호는 여고에서 국어 선생을 하다가 강원도 남대천 상류에 작은 교회를 지었어. 악어사냥 부르던 박용범은 조선댄가 어디서 교수한대. 김광석의 나의 노래 작곡한 한동헌은 얼마 전 봤는데, 씨네 21 대표하던데. 최성호는 요즘은 음악 안 하고 소설 쓰고 있고. 최성호 작곡의 청량리 블루스를 노래한 명혜원은 미국 이민 갔다는 소문도 있고. 이권혁도 창가의 명상이란 노래로 90년에 어느 정도 방송을 탔었지. 얼마 전 최성호하고 같이 작업한 은행나무란 노래가 실린 2집 앨범도 냈었고. 손경희는 홍콩에서 외국 항공사 스튜어디스를 했었고 이후엔 소식을 몰라.

그리고 박상종은 지금 연극배우야. 산울림 극단에서 하는 고도를 기다리며의 주인공이었는데 연기 정말 잘하던데? 놀랬어. 원래 예술적 몰입이 강했어. 아주. 그리고 참새 공연에서 무명시절 개그로 우릴 위로하던 이홍렬은 지금이야 뭐, 너무 유명 스타가 됐고, 또 유성찬은 중견방송작가가 됐고, 주로 TV 구성 쪽에서 일해. 그리고 90년 겨울에 내가 다시 참새를 태운 잠수함 시작했을 때 함께하던 난 바람 넌 눈물의 신현대는 지금은 산악인이 됐어. 물론 음악도 하고, 산음악연구소라고 해서 산 노래들 위주의 음악 발표하고 있고, 세계 6위봉 8,200미터 초오유봉 등정에 성공했어. 그리고 에베레스트에 8,600미터 까지는 올라갔다가 악천후로 되돌아왔는데 재등정 준비 중이지."

"함장님은?"

"함장 얘긴 나중에 하자."

함장이라 함은 참새를 태운 잠수함의 최초의 입안자 나의 구자용 형을 뜻했다. 벽난로에 장작을 한두 개 더 밀어 넣었다. 불길이 다시 힘차게 피어오르기 시작했다.


"얘기 좀 해 봐."

"무슨 얘기?"

"h 얘기, 살아온 얘기."

"나? 해도 돼?"

나는 노래를 불렀다. 잠시 후 h도 조금씩 함께 불렀다.


인생은 연기 속에 재를 남기고

말없이 사라지는 모닥불 같은 것.

타다가 꺼지는 그 순간까지

우리들의 이야기는 끝이 없어라.


그리고 이렇게 말했다.

"자, 배경음악까지 쫙 깔았으니까 가 보자고."

"난 힘들었어. 남편하고 사이가 안 좋았거든. 남편은 권위적인 사람이야. 키 크고 옷걸이가 좋아. 선글라스 쓰고 양복 척 걸쳐 입으면 아주 멋있어. 그 모습에 반했는지도 몰라. 장점도 많아. 진취적이고 일 할 땐 저돌적이고. 날 어찌나 쫓아다녔는지 꼼짝할 수가 없었어. 스토커도 그런 스토커가 없을 거야. 일 년 이상을 쫓아다녔어. 내가 싫다고, 싫다고 해도 소용없었어. 그쯤 되자 그걸 사랑이라 믿었던 거야. 평생 그렇게 나만 바라보고 나에게 저자세일 줄 알았던 거지."

"그런데?"

"아냐. 결혼하고 좀 지나니까 차츰 본색이 나타나더라고. 그는 때리고 나는 맞고."

나는 와인을 한 모금 마셨다.

"우리 어머니 앞에서도 때리고. 툭하면 그랬어. 쌍욕도 하고. 자기는 나에게 엄청 잘해주는데 세상에서 가장 잘해주는 남편인데 그걸 내가 몰라준대. 그래서 자기가 피해자라는 거야. 하지만, 그땐 살기가 어려웠어. 나는 남편에게 의지해야 했어. 반항을 못했지. 더구나 어머니가 아프셨거든. 암이셨어. 난 참고 또 참고 살았어. 시애틀에 와 살면서 일만 열심히 했어. 남편 스트레스 다 받아 주면서. 난 그게 여자의 길인 줄 알았어. 그리고 세뇌를 당했는지 내가 잘못해서 남편이 저렇게 화를 내는 거고 그게 미안하다는 생각마저 했어. 좀 우습지?"

"그래 좀 우습다."

"사실이야. 그러다 어머니가 돌아가셨어. 그 뒤부터 난 세상에 아무것도 무섭지 않았어. 그러면서 남편으로부터 조금씩 독립해 나간 거지. 이젠 섹스도 안 해. 예전엔 당했지. 술 먹고 들어오면 강제로 내 몸에 구겨 넣었어."

내가 말을 끊었다.

"모택동이 십 대 시절 아버지한테 매일 맞고 살았나 봐. 그런데 하루는 모택동이 자신을 때리는 아버지를 메다꽂은 거야. 그 순간 아버지의 겁에 질린 눈동자를 봤대. 완벽한 독재인 줄 알았는데 그게 아니구나를 깨달았대. 아, 뒤집어엎으면 되는구나. 괜히 겁먹고 살았구나. 이렇게 된 거고 그다음부터 살기가 편해진 거지. 그리고 모든 독재자는 너를 위해 내가 독재한다. 이런 명분을 내세우는 거지. 그래서 내 일생은 너 때문에 다 망가졌다. 오직 너 하나만을 위하다가."

"맞아. 남편도 그랬어. 사람들 앞에서도 자신이 날 얼마나 위해주는지를 광고하는 사람이야. 툭하면 내 뒤통수치고 머리 때리고 사람들 앞에서. 유치하지. 이젠 감히 나한테 못 그러지. 미안해."

"뭐가 미안해?"

"이렇게 좋은 데 와서 이런 얘기 하니까."

"아냐. 아무튼, 사람은 두 사람만 모여도 어느새 칼자루 쥔 권력이 독재하고, 그 칼에 베일까 봐 쩔쩔매고 눈치 보는 사람이 생기곤 하지."

"그럼 어떻게 해야 해?"

"내 생각엔 권력이 아닌 시스템의 시대가 돼야 한다고 생각해. 그리고 모든 세금의 쓰임새를 인터넷에 1원짜리 한 장까지도 다 공개하고. 또 판공비 쓰는 세상의 모든 권력가들은 그 판공비 내용, 무슨 일 하려고 누구 만나서 뭐 먹는 데 얼마 썼고, 이걸 낱낱이 다 공개해야 하는 거지. 그럼 간단히 해결될 것 같아. 하지만, 권력은 자기들끼리 놀아나고 부패하지. 대통령과 부패밴드 이게 대부분 현실이지. 세금도둑들이지. 그래서 진실한 노래가 나오면 그들은 재빨리 막곤 하지. 진실은 그들의 가면을 벗겨버리는 태풍의 눈이니까. 결국, 세금도둑들은 우리 잘살게 해 달라고, 심부름 삯 주고 머슴을 부리려던 주권자인 국민에게 독재하는 거지. 국민은 자기가 낸 세금으로 권력의 하수인이 된 공권력을 비롯한 모든 정부 시스템에 의해 압제를 당하게 되는 거고……. 진정한 권력이 아닌, 국민을 위한 시스템이 아닌 부패정부, 국익 외면 사익 정부는 끝없이 고통을 생산해 내는 거지. 그 고통에 길들면 이게 참 무서운 거야. 매 맞아도 평생같이 사는 여자 되는 거야. 나 어렸을 때 동네에 술고래라는 사람이 있었어. 저녁 무렵이면 동네 입구서부터 고래고래 소릴 질러. 자기 마누라한테 욕부터 하면서 진군하는 거야. 그리고 일단 밥은 먹어. 그런 다음 한밤중 9시 뉴스 정도 그쯤이면 어김없이, 하루도 빠짐없이 두들겨 패는 거야. 거의 숨 넘어갈 듯 짓밟는 거야. 하지만, 그 이튿날 아침이면 여자는 언제 그랬냐 싶게 밝게 웃으면서 그 술고래를 배웅해. 애교 넘치는 얼굴로. 그래서 동네 어른들이 수군거렸어. 그 술고래가 밤일을 잘하나 보다 하고. 여자가 매일 밤 맞아도 안 도망가는 시스템을 술고래는 유지했던 거지.

아무튼, 이 시스템이 문제인 거야. 지구는 하난데 미국에서 환경 다루는 시스템과 한국에서 환경 다루는 시스템이 다르니까. 인권은 하난데 미국인권 시스템, 한국인권 시스템 이게 다 다르거든. 또 새로 바뀌는 정권마다 시스템이 다르고. 하긴, 내 안에서도 수많은 내가 있는데 그중 하나가 어느 때는 득세를 하고 그 뜻대로 살아가게 되고, 또 어느 때는 맘이 변해 또 다른 내 안의 내가 득세를 해서 새로운 스타일로 변화해서 살곤 하지."

"그럼 지금은 누가 득세했어?"

"내 안의 여행자가 득세한 거지."

"말 되네."

"10년 전 어느 평범한 사람이 내게 성경을 보여줬어. 나는 곧 길이요 진

227

리요 생명이니라 진리가 너희를 자유롭게 하리라 난 요즘에야 그 말씀을 조금씩 느껴."

"어떻게?"

"이 세계는 완벽한 하나님이 창조하신 생명 시스템인 거야. 따라서 생명이냐? 아니냐? 이것만이 중요한 거지. 난 이제 생명이 아닌 것들을 거부할 거야. 무의미하니까. 길은 생명을 찾아가는 길이야. 득도란 그 길의 발견이지."

"그래서?"

"그 길로 들어서면 진리가 우글거려. 생명으로 가득 차 있어. 사랑에서 비롯된 생명의 축전이지. 그 생명 시스템 대신 우린 지금 자본주의 시스템으로 살아가고 있지. 그리고 그것이 현세의 실세야. 하지만, 생명이 빠져있는 자본주의 시스템일 경우엔 그것은 헛되고 모든 것이 헛된 그야말로 진짜 거대한 허무의 드라마 세트 같은 거지. 머잖아 철거되고 말. 밥 딜런은 바람만이 전쟁 시스템의 끝을 알고 있다고 했어. 바람은 생명 시스템이니까. 바람은 영혼의 불씨를 다시 살려내고야 말 거야. 곳곳에서 죽어가고 고통받는 영혼의 불씨. 그게 모든 노래의 존재 이유지. 우린 노래가 되는 삶을 살아야해. 그 노래는 마치 바람 같아. 너를 부르고 나 자신의 영혼을 부르고 시대의 꿈을 부르고 희망을 노래 부르는 거야. 그래서 진정한 득음은 소리 속의 생명을 얻는 거지. 단순한 고음획득이 아닌 거지. 따라서 위대한 가수는, 무당은, 밴드는 생명 시스템의 그 무한 생명 에너지를 공급하는 사람들인 거지.

빌 게이츠는 빈곤은 자본주의의 실패라고 했어. 천만에. 난 그렇게 생각하지 않아. 빈곤은 생명을 지닐 수 있어. 어쩌면 생명을 지니려고 자본과 어쩔 수 없이 결별한 사람들이 너무 많아. 시인 휘트먼이 그의 시집 풀잎에서 말했어. 걸어다니는 관이 되지 말라고, 지금 입고 다니는 옷이 수의가 되게 하지 말라고, 그래, 살았으되 죽은 것과 다름없는 삶은 삶이 아닌 거야. 생명이 가득한 빈곤이야말로 참된 길이요 진리요 생명이라 생각해. 거기에 자유가 있을 테니까. 빈곤이지. 난 그런 의미에서 서정주 시인의 말처럼 가난은 한낱 남루에 지나지 않는다는 것이 아니라 가난이야말로 생명의 비밀을 감춘 위대한 위장이라 생각해. 이제 21세기는 다시 가난을 자랑할 수 있어야 해. 그게 우드스탁 정신이었지. 우드스탁은 예수의 오병이어의 기적이야. 노래 하나는 오천 명이 아니라 수만 명의 영혼을 뿌듯하게 먹이고도 남아. 그 여운은 저마다 광주리에 가득할 테고."

"가슴이 두근거려."

h와 나는 잠시 말없이 서로 눈을 마주 보았다. h가 웃으며 말했다.

"말 된다. 그런데 이 오리건 와인 맛있지 않아?"

"맛있어. 하지만, 술은 누구와 어디서 마시느냐가 가장 중요하지. h와 마시니까 이건 술이 아니라 향수다. 보약이고 산삼이고 녹용이다. 심지어 불로초이고 영원의 입구."

"아, 됐거든요? 나 지금 스무 살 아니거든요? 그런 말에 감동 받지 않거든요?"

"그래도 계속하면 다 먹혀."

h는 나를 한번 쓱 쳐다보고 말을 이었다.

"이 와인 이름 ANA는 어록이란 뜻인데, 오늘 밤 어록 좀 남겨 보시죠."

"무엇을 어록에 남길까? 작가의 생명을 걸고."

"테마는 정하셔요."

"좋아. 그럼 외로움에 대해서. h는 외로울 때가 있어?"

"당연하죠."

"좋아. 우린 서로 그 고독을 감추기에 바쁘지. 나만 외로운 줄 아는 거야. 하지만, 외로움이야말로 정말 좋은 휴양지야. 모처럼 쉬는 거지."

"계속 외롭다면?"

"그건 더 좋지. 귀족이지. 혼자만의 고독, 이건 고통이 아니야. 섬 같은 거야. 타히티. 외로움을 통해 우린 누구나 고갱이 되는 거지. 하지만, 대중가요 가사나 3류 소설들은 모두 외로움을 고통이라 했고 그걸 세뇌시키지. 저질 예술가들이야말로 어쩌면 문화독재자들이지. 우린 그 고정관념에 대해 비판을 배우기 전에 거기 함몰됐지. 그래서 우리의 삶은 고정관념으로 각인된 잘못된 감정을 평생 소비하다가 고통스럽게 죽어간다."

"오우, 괜찮은데? 박수!"


h가 손뼉을 쳤다. 조용했던 통나무집이 박수소리로 크게 울렸다.

"그럼, 내친김에 이번은 음악. 지금 저 불길이 장작을 먹어 치워야 살아남듯이 음악은 침묵을 먹고 살아가지. 난 미국 음악여행 92년에 처음 와서 L.A가 첫 여행지였는데 한밤중 빗소리를 들었어. 그것도 매일 밤. 그래서 어느 날 내가 묵던 집의 후배에게 '야, 여기 죽인다. 밤마다 비가 오네.' 그랬더니 '형 그거 빗소리 아냐.', '그럼 뭐야?', '그거 스프링클러에서 나오는 잔디밭에 밤마다 물주는 소리야. 여긴 햇볕이 뜨거워 그렇게 밤에 물 안주면 다 타버려. 그리고 낮에 물주면 다 증발하니까 소용이 없고. 여긴 원래 사막이었어. 그래서 아주 멀리서 물을 끌어 온대.' 그때 깨달았어. 아, 산다는 게 모두가 없는 곳으로 있는 것이 찾아가는 거구나. 그래서 살리는 거구나. 그게 미국의 개척 정신이라 생각했어. 물 없고 풀 없는 곳에 풀을 심고 물을 갖고 와 뿌리는 미국. 그걸 해 낸 거지 미국은. 지금도 매일 하고 있고. 나는 지금도 그 빗소릴 들을 수 있어. 선셋 스트리트의 위스키 아 고고나 록시 같은 라이브 클럽에서의 콘서트도 좋았지만 그 빗소리가 정말 좋았던 L.A 사운드였어."

"음, 그리고?"

"갑자기 말이 좀 꼬였나. 아무튼, 내가 무슨 얘길 하고 싶어 하는 건지는 알지?"

"대강."

"아무튼, 92년 미국에 와서 딱 느낀 건 팝송이 멋진 이유가 바로 이 자연 때문이구나. 그리고 앞으로 팝송은 더욱 발전할 수 있겠구나, 그런 생각했어. 왜냐하면, 미국의 자연은 현재 미국의 팝송보다 아름다우니까."

"오, 그건 귀에 들어오네요. "

"그리고 미국에서 헤비메탈 같은 록이 발전한 이유를 알았어."

"왜죠?"

"이 거대한 땅을 뭐로 채우겠어. 그 침묵이 무서운 거야. 본능적으로. 그래서 동물들이 자기 구역 표시하듯이 미국의 음악인들은 본능적으로 헤비메탈 음악으로 자신의 존재감을 확인시키고 확인하는 거지. 말하자면 난 헤비메탈 안에서 미국인의 공포를 본 거지. 거대한 땅의 침묵에 대한. 그 소리는 자연을 정복한 자의 공포라 생각해. 미국은 자연을 자신들 일부라 생각했기에 정복한 거고, 인디언들은 자신들을 자연 일부라 생각했기에 자연과 대화를 나눈 거고, 그런 인디언들을 미국은 자연과 동일시했기 때문에 개발지역으로 본 셈이지. 나무를 베어내듯 인디언들의 문화와 역사와 삶을 베어낸 거지. 그리고 자신들의 도시를 세운 셈이지. 하지만, 상처받은 것들은 꾸준히 노래하지. 상처에서 흘러나오는 노래들은 끝이 없어. 결코, 멎을 수 없는 억울한 피 흘림이지. 그 노랫소리가 괴로운 거야. 자신도 모르게. 그래서 헤비메탈을 발명해 낸 거지. 목소리 큰 놈이 이긴다고. 자신들이 상처 준 인디언들의 노랫소리를 뒤덮어 버리기 위해서."

"모르겠어요. 또 어려워졌다. 안 졸려요?"

"잘까?"

"그래요. 난 사실 술 못 마셔요. 맥주는 한 병, 와인도 한잔이면 딱 좋아요. 술이 안 받는 체질이에요."

"아, 그런데 큰일 났다."

"왜요?"

"아무래도 한국에 가서 라식 수술을 받아야 할 것 같아. 시력이 더 약해진 것 같아."

"왜 그렇죠?"

"네가 너무 눈부시잖아? 이건 정말 너무 지나친 거야. 너 사람 아니지? 사람이 어떻게 이렇게 예쁘고 아름다울 수가 있어. 믿을 수가 없어. 도저히."

"됐거든요. 아저씨."

h는 샤워했고 나는 통나무집을 나와 잠시 주변을 걸었다. 그러면서 하늘을 바라보았다. 마운틴 레이니어 산정에서 불어오는 밤바람이 내 뺨을 어루만지듯 스쳐갔다. 나도 모르게 이런 말이 흘러나왔다. 하나님 감사합니다.


3.

아침 새소리에 잠을 깼다. 마운틴 레이니어의 통나무집 창가로 아침 햇살이 비쳐들고 있었다. h가 커피를 끓였다. 열어 놓은 창문으로 쏟아져 들어오는 공기가 하도 깨끗해 숨을 쉬면 사각사각 신선한 소리가 나는 것 같았다. 그 신선함과 함께 커피를 마셨다.

"배 안 고파요?"

"괜찮아."

"가다 배고프면 뭣 좀 먹고 가요."

"갈까?"

h가 고개를 끄덕였고 통나무집 앞에 서 있는 h의 차를 향해 우린 걸어 나갔다. 나는 되도록 천천히 걸었다. 마운틴 레이니어에서 벗어나기가 싫었다. 살 수만 있다면 여기서 평생을 살아도 좋을 것 같았다. 한밤중의 깊숙한 고요함과 아침의 밝고 신선한 햇살은 마치 잘 조율된 위대한 악기들 같았고 바람이 불어갈 때마다 그 악기들은 소릴 내고 있었다. 차에 올라앉은 h가 가만히 앞을 응시했다. 마운틴 레이니어의 육중한 숲들이 서서히 잠 깨어나 어디론가 이동이라도 할 것처럼 떠날 채비를 차리는 나무들로 가득 찼다. 그들은 하늘을 향해 비상할 것처럼 여겨졌다. 하지만, 그들은 늘 거기에 서 있으리라. 늘 날아오르는 비상을 꿈꾸면서 말이다. 이미 새들은 날기 시작했고 하나님은 하늘 가득 수풀 가득 새들과 나비들을 뿌려 놓고 계셨다. h가 시동을 걸었고 차가 움직이기 시작했다. 육중한 마운틴 레이니어의 숲들이 우리 뒤를 따라오려고 요란하게 심장을 울려대고 있었다. 그 나무 향이 우리 가는 길가에 자욱하게 깔리기 시작했다.

시애틀로 돌아왔다. h는 나를 호텔 앞에 내려주고 돌아가며 책 한 권을 건넸다. 미국의 조엘 오스틴 목사가 지은 긍정의 힘이었다. 나는 h가 돌아간 그 방향을 한참 동안 바라보다가 호텔 방으로 돌아왔다. 그리고 한숨 자기 시작했다. 깨어보니 오후였다. 나는 외출을 했다. 여행자는 걷기 시작했다.

메이시백화점을 중심으로 한 도심을 향했다. 햇볕이 따가웠다.

　재즈 앨리를 지나 웨스틴 시애틀 호텔을 지났다. 메이 플라워 호텔을 지나 메이시백화점을 지나 바나나 리퍼블릭을 지나자 거기 레이니어 스퀘어가 있었다. 분수와 나무들, 아이들과 유모차를 밀고 온 부모들, 젊은이들과 노숙자들이 뒤섞여 물과 바람, 햇빛과 여유의 한가로움을 즐기고 있었다. 잠시 머물다가 조금 혼잡한 것 같아 다시 걸어온 길을 되돌아 나갔다. 그리고 메이시백화점 뒤의 스타벅스에서 아메리카노 한잔과 커피 케이크를 하나 사서 노천 의자에 앉아 손가락으로 빵을 뜯어 먹으며 커피를 한 모금씩 마셨다. 이번엔 시애틀의 첫날 저녁 시간에 엘리엇만을 끼고 걷던 알래스칸 웨이로 가기로 했다. 시애틀 도심에서 서쪽으로만 걸으면 바다가 나

●마운틴 레이니어의 숲에서

오고 그곳이 엘리엇 만이다. 메이시백화점에서 대여섯 블록을 걸었다고 느꼈을 때 드디어 알래스칸 웨이가 출렁거리기 시작했다. 온종일 엘리엇만의 파도에 젖어있는 곳, 이곳은 아스팔트도 파란 빛깔이다. 갈매기들이 무수한 음표처럼 여전히 날아올랐다. 파도가 욕망처럼 끝없이 밀려오고 있었다. 온 바닷가에 흰빛 물거품이 일었고 그것은 마치 클라이맥스 직후의 거대한 용틀임 같았고 그곳에서 바다 비린내라고 하는 정액 냄새가 밤꽃 향기처럼 아카시아 향기처럼 장대하게 흘렀다.

여객선을 타는 Pier 57에서 스트리트 밴드가 음악을 연주하고 있었다. 흑인 가수와 백인 베이스 기타가 눈에 들어왔다. 흑인 가수는 백인 베이스 기타가 뉴욕에서 왔다면서 잔뜩 추켜 세웠고 실제로 존경하는 분위기였다. 백인 베이시스트는 흰 양복에 노 타이 그리고 푸른 선글라스를 썼고 나이가 좀 들어 보였다. 그들은 주로 레게 음악을 연주했다. 나는 다리도 쉴 겸 그들의 음악을 하얀 파라솔 밑에 앉아 즐겼다. 들을 만했고 흥겨웠다. Pier 57의 지배인처럼 보이는 잘 차려입은 화려한 중년의 백인이 지나다가 그들에게 악수를 청했고 흑인 가수가 약간 잘 보이려는 자세로 노래하다 말고 그에게 악수까지 청하며 인사를 고개 숙여 하고 있었다. 뉴요커 베이시스트는 알은 체도 하지 않았다. 그가 지나갔고 휘청거렸던 음악이 다시 제 궤도를 따라 떠나가고 있었다. 내 등 뒤에서 푸른 파도가 부서져 내렸고 바람이 강해 내 모자를 날렸다. 지나던 금발의 백인 여자가 내 모자를 주워 주었다. 뜻밖이었다. 나는 고맙다고 인사했고 그녀가 웃었다. 유모차를 끌고 가던 뚱뚱한 라틴계 여성 둘이서 유모차의 아이는 놓아두고 밴드의 리듬에 맞춰 춤을 추기 시작했다. 모든 것이 흥겨웠고 삶은 밴드의 리듬에 실려 이제 더 이상의 고통은 없을 듯싶었다. 이렇게 계속 밴드의 음악은 계속되고 라틴계 뚱뚱

한 여자들은 계속 춤을 추고, 바다는 더욱더 짙푸르게 울부짖고 바람은 더욱 세차게 불어 머리 위를 스쳐가고, 이따금 내 모자를 또 하늘로 날리고 갈매기들은 멋진 비행을 계속했다. 그 갈매기들과 함께 잊힌 걱정들과 세상의 모든 길들과 또 내가 만나지 못한 모든 이야기들과 고통이 남김없이 숨김없이 천국으로 날아 올라갔으면 했다.

나는 잠시 후 음악 속의 천국을 빠져나와 다시 파이오니어 스퀘어를 찾았다. 거기서 다시 알래스칸 웨이를 거슬러 올라가기 시작했다. 저녁노을이 지고 있었다. 나는 바닷바람 속을 천천히 어슬렁어슬렁 마운틴 레이니어의 숲을 잃어버린 흑곰처럼 바닷가를 걸어 호텔로 돌아가고 있었다. 난 이제 내일이면 떠날 것이다. 난 이제 내일이면 떠나야 한다. 가슴 속이 먹먹해왔다. 엘리엇만의 파도가 내 가슴 속으로 후려쳐 들어왔다. 난 그 파도를 안은 채 그 파도가 내 가슴 위로 푸른 물결을 뚝뚝 흘리는 것을 그대로 내버려둔 채 어쩔 줄 모르는 채 호텔로 돌아가고 있었다. 너바나의 커트 코베인을 중심으로 한 그런지 록의 탄생지 벨 타운으로 올라가는 언덕길이 나타났다. 언덕은 그런대로 꽤 경사가 있었고 거리도 있었다. 배터리 스트리트였다. 직진이 재미가 적어 좌회전해 월 스트리트로 접어들었다. 그렇게 계속 직진을 해서 올라갔다.

　길가의 꽃들과 담장과 이따금 나타나는 카페들과 상점들이 예사롭지가 않았다. 난 어쩌면 마음속으로 그 모든 풍경들과 낱낱이 나도 모르게 분주한 이별을 하고 있었는지도 몰랐다. 쓸쓸했고 마음이 몹시 더욱더 쓸쓸해 왔다. 난 서울로 내일 떠나야 한다. 누가 날 기다리고 있지? 무엇이 날 또 기다리고 있지? 난 저항도 없고 이젠 꿈도 없었다. 그저 수용할 뿐이었다. 난 이야기도 없고 노래도 없고 갈 곳도 없다. 그저 부평초처럼 물결 따라 둥둥 떠다니거나 흘러갈 뿐이다. 소용돌이에선 어지럽고 평온한 강에선 지루하고 급류에 선 놀라워할 뿐이었다. 그러다 주막이 나타나면 술 한 잔 마셨고 달빛과 함께 잠들었고 햇빛과 함께 일어났다. 나는 먹이를 위해서 일했고 잠을 위해서 일했다. 그것은 오래된 굴욕이었고 오래된 고독이었다.

나는 남루한 발길로 걸어갔다. 해진 옷소매 사이로 시애틀의 저녁노을이 스며들었고 그 붉은빛이 시애틀의 저녁바람에 흔들렸다. 그렇게 6블록을 지나자 대니 웨이 파크가 보였고 내 등 뒤로 시애틀 센터와 스페이스 니들과 EMP가 멀리 보였다. 그들 모두가 내게 무심한 것 같았다. 나는 누군가 날 떠다미는 것 같았다. 난 휘청휘청 걸었고 판소리라도 한 자락 부르고 싶었다. 내 안에 고여 있는 모든 것들을 쏟아내고 다시 시작하고 싶었다. 내 눈가에 눈물이 고여 올랐다. 알 수 없는 눈물이었다. 저만치 베스트 웨스턴 내가 묵는 호텔의 깃발이 성조기와 함께 나부끼고 있었다. 주변은 텅 비었고 색다른 공허가 허공에 나부끼고 있었다. 길을 건넜고 또 건넜다. 그리고 신호를 기다렸다. 내 맞은 편, 그러니까 내가 건너갈 건널목 끝, 빨간 신호등 밑에서 집시 여인이 서 있었다. 그 풍경은 타오르는, 그렇다 불길처럼 타오르는 시애틀의 저녁노을 빛 속에서 차라리 장엄한 그림 한 폭이었다.

　하지만, 왠지 따스한 느낌이었다. 파란 신호등이 들어왔다. 난 건널목으로 내려섰고 지나던 차들이 일제히 정지하기 시작했다. 이젠 내가 움직일 차례이다. 정지된 차들과 그 안의 운전자들, 그들 모두는 그 순간 점이었고 내면의 리듬을 축적 중이었고, 나는 움직이는 선이었고 흐르는 멜로디였다. 그리고 그 순간의 시애틀의 모든 것들은 하나의 면이었고 그것은 하나의 난생처음 듣고 보는 음악이었고 그림이었다. 정확히 월 스트리트와 데니 웨이가 만나는 지점, 홀리데이 인이 정면으로 보이고 베스트 웨스턴 호텔이 우측으로 비켜 보이는 바로 그 지점, 시애틀의 저녁노을이 시애틀의 저녁바람에 깃발처럼 나부끼고 그 붉은 깃털들이 마구 흩날리기 시작하는 그 지독한 설렘의 시공 속에서 바로 내 앞에 서서 부드럽고 천천히 평화롭게 웃으며 내게 자연스레 마치 내게 꿈을 주려는 듯 그런 몸짓으로, 그런 미소로, 그런 손길로, 하지만 텅 빈 그 손길로, 하지만 사랑과 평화가 가득 담겨있는 그런 손길로, 그렇게 자본주의 손길이 아닌 박애주의의 정신적 따사로움의 손길로 집시의 여인은 내게 손을 내밀며 웃고 서 있었다.

나는 조금은 당황하여 약간 압도당하는 기분까지 맛보는 가운데, 내 모든 호주머니 속의 모든 동전을 몽땅 뒤져 모아 그녀의 손바닥 위에 모조리 올려놓았다. 동전이 수북했다. 몇 개의 동전이 보도블록 위에 떨어졌다. 난 천천히 몸을 굽혀 그 동전까지 다시 그녀의 손바닥 위 동전 위에 올려놓았다. 동전은 내가 보아도 꽤 많았다. 나는 그 동전들이 그렇지 않아도 왠지 시애틀의 것 같아서 다 쓰고 가야지 생각했었다. 마침 잘 된 것이다. 집시 여인이 엷게 미소 지었다. 다시 시애틀의 저녁바람과 저녁노을이 어느새 하나가 되어 붉고 하얀 아이스크림처럼 그리고 미칠 듯 벅찬 아름다움으로 그녀의 이마를 바람처럼 스치고 지나가고 있었다. 그 바람은 끝없이 불어갈 기세였다. 그녀는 예상보다 많은 동전이라는 표정으로 조금은 반갑게 그리고 조금은 행복하게 미소 지으며 내게 입술 달싹여 이렇게 말해 주었다.

"Thank You!"

단지 그 한마디뿐이었다. 그 이상 아무것도 없었다. 순간 온 세상의 모든 시계가 정지된 것 같았다. 신이 온 세상의 모든 것들을 향해, 컷! 을 외치신 것 같았다. 바람도 저녁노을도 주변을 지나던 모든 자동차들도 거리의 저녁불빛들과 하늘도 엘리엇만도 시애틀의 잘록한 허리도 그 순간 모두 정

● 위 : 집시 여인을 만나기 전 의 건널목
아래 : 집시 여인이 서있던 곳의 신호등

지한 것 같았다. 나는 명하니 그토록 거대한 고요의 순간 속에서 그저 명하니 서 있었다. 집시의 여인이 빙긋 웃었던가. 그 순간 나도 답례의 미소를 띠려 했으나 그저 가만히 또 명하니 서 있기만 했었던가. 모르겠다. 난 가장 선명한 의식과 가장 뭉글뭉글한 몽롱함의 의식이 순간 하나로 공존하는 아니, 내 모든 존재가 산산이 부서져 텅 비어 버려 내가 존재하는지조차 의식할 수 없는 상태였다. 집시의 여인은 한동안 날 바라보았고 내게 눈빛으로 축복을 빌어주는 것 같았다. 그리고 동전들을 자신의 바랑 같은 히피스타일의 헝겊 가방 안에 소중하고도 천천히 집어넣었고 나는 아득한 꿈결 속의 풍경처럼 그 모습을 참으로 멀리서도 지켜보는 심경이었다. 어디선가 노랫소리가 들려오는 것 같았고 엘리엇만의 갈매기들이 시애틀의 저녁노을과 시애틀의 저녁바람을 타고 올라 시애틀 도심으로 한껏 몰려들고 있었다. 시애틀의 저녁 하늘이 온통 갈매기 떼로 뒤덮여 버리고 말았다. 그 순간 나는 다시 날 따스하게 바라보는 집시 여인의 눈빛을 느꼈고 나 역시 그녀의 눈빛 속으로 깊숙이 파고들었다. 그녀가 다시 따사롭게 난생처음 보는 미소를 내게 선물하고 있었다. 이번엔 내가 입술을 열었지만 밖으로 소리 내어 말하지 않는 대신 마음속으로 그녀에게 말해 주었다.

　"고맙습니다."

그러자 비로소 나는 난생처음 날 만날 수 있었다. 그리고 모든 여행은 결국 나 자신을 찾아 헤매었던 것이란 것을 분명히 선연히 깨칠 수가 있었다. 집시 여인이 회색빛 헝겊 가방을 다시 어깨에 메고 있었다. 그 순간 나는 내가 무엇을 찾아 헤매는지도 몰랐는데 그토록 방황했었구나! 그토록 숱한 여행을 꿈꾸었구나! 를 알아차리고 있었다. 그렇다. 세상 모든 여행은 나도 모르게 본능적으로 나의 내면에서 날 부르는 내 소릴 찾아 그렇게 그 소리가 들려오는 도시를 향해, 그 소리가 들려오는 들녘과 바다와 강과 산을 향해 그리고 내 모습이 비치는 누군가의 눈동자를 향해, 그토록 외롭게 서 있는 내 모습이 비치는 그녀의 눈동자 속의 나를 찾아 그토록 여행하고 방황하고 사랑을 갈구했었구나! 를 난 시애틀의 저녁노을과 시애틀의 저녁바람 속에서 서서히 저 너른 바다 위에 문득 떨어진 폭풍우를 알리는 가장 먼저 내린 첫 빗방울처럼 그리고 그 빗방울이 떨어져 번져가는 바다 위의 무늬처럼 그 영향력이 마치 바다라는 가장 큰 악기를 울린 하나의 터치처럼 무한한 울림으로 영원의 울림으로 깨닫게 되었다.

집시 여인은 어느새 보이지 않았다. 시애틀의 저녁은 어느새 시애틀의 어둑한 하지만 다정함이 깃든 밤으로 바뀌고 있었다. 저녁 불빛들이 더욱 부드럽고 깨끗하게 빛나기 시작했다. 밤바람은 왠지 더 따스했다. 나는 허탈한 듯 편안한 듯 처음 만난 나를 나의 내면으로 느끼거나 심지어 내 앞에 나타난 나를 바라보고 있었다. 인생의 반환점을 저 멀리 지나 처음 다시 만난 나는 거지였다. 하지만, 웃는 거지였다. 내 안의 무수한 나라고 믿었던 모든 것들은 그렇게 편안하게 웃지 못했다. 그것은 광기가 섞여있었거나 모차르트 영화를 보고 난 후 천재를 흉내 내는 사기성 웃음소리였다. 난 몹시 부끄러워졌다. 거지, 그리고 웃는 거지는 내 본연의 모습이었고 그게 나였다. 난 단박에 알아볼 수 있었다. 거기 내가 서 있었다. 그는 평화로워 보였고 만족스러워 보였다. 그는 성공한 사람과는 정 반대의 거지였다. 하지만, 몰락이 아니었다. 아무런 장식이 필요하지 않은 그런 풀잎 같기만 했다.

비로소 알 수 있었다. 나는 가장 비천한 자였으며 세상에서 가장 가난한 자였음을 알 수가 있었다. 하지만, 그걸 감추려고 난 온갖 갖은 노력을 다했던 것이다. 손가락에 침 뜸을 맞을 정도로 방송 원고를 썼고 방송국을 드나드는 것이 그나마 한국사회에서 조금이나마 어떤 사회적 지위를 말해주는 것 같아 거기서 안 잘리려고 무진 애를 쓰던, 물속의 두 발은 세상에서 가장 바삐 놀리면서 물 위의 날갯짓과 표정과 몸짓은 그 누구보다 우아한 척했던 24시간 아니 25시간을 스스로 나를 쫓고 PD와 시청취자의 눈 밖에 날까 봐 갖은 안달을 다 떨던 비참, 그 자체의 속 타게 속상한 허울 좋은 작가였을 뿐이었다. 나는 나의 지난날 내가 그토록 날 장식하고자 수집하고 그것들을 내 온몸과 마음과 이력서에 배치해 놓은, 나만의 방어진이 마치 숱한 상처기가 다 아문 다음 적절한 시간에 그 껍질들이 살에서 떨어져 내리는 것처럼, 그런 쾌감을 만끽하고 있었다. 그러면서 나를 지탱한 것은 그동안 그토록 미미한 어떤 우월감이었구나 라는 것을 깨닫기 시작했다. 그 깨달음은 엄습이었다. 나의 내면을 쾅하고 강하게 강타하고 있었다. 그렇다. 나는 내가 거지가 아니란 것을 나도 모르게 감추기 위해서만 살아왔던 것이다. 그 들키지 않음이 나의 성공이라고 생각했고 주렁주렁 각종 장식을 달려고 조금이나마 남보다 더 좋은 음식, 남보다 더 예쁜 여자, 남보다 더 향기로운 술을 마시려고, 남보다 더 좋은 차를 타려고, 남보다 좀 더 많은 원고료를 벌려고 살아왔고 그렇게 나의 우월감을 지탱하면서, 한편으로 겸손한 척하면서, 겸손과 겸허를 마지막 화룡점정의 내 장식으로 삼으면서, 그리고 이걸 동시대의 인간들이 알아줘야 할 텐데 무진 애면글면하면서 살아왔던 것이다.

난 비로소 내 정체성을 시애틀의 마지막 저녁, 시애틀의 저녁노을과 저녁 바람 속에서, 데니 웨이와 월 스트리트가 만나는 시애틀 시내의 유일한 지점의 건널목에서, 동쪽 신호등 바로 아래 날 기다린 것처럼 마주쳤던 집시 여인의 미소 속에서, 마침내 날 찾아낼 수 있었던 것이다. 나는 발걸음이

● 시애틀의 저녁 노을과
가로등 위의 새 한마리

지상 30센티미터와 1미터쯤 되는 그 사이에 둥둥 떠다니는 듯했고 그런 기분으로 베스트 웨스턴 호텔 내 방으로 나도 모르게 정신없이 돌아왔다. 하지만, 날 만난 반가움과 충만한 기쁨으로 가득 차 있었다. 드디어 날 찾은 것이다. 난 이때의 심경을 노래로 만들었다. '바람이 가르쳐준 노래'이다.

자유 찾아 떠난 여행, 산호세의 어둠 정갈하였네.
평화 찾아 떠난 여행, 샌프란시스코의 바다를 봤네.
행복 찾아 떠난 여행, 포틀랜드의 나무를 봤네.
사랑 찾아 떠난 여행, 시애틀의 골목길 황홀하여라.

너를 찾아 떠난 여행, 햇빛 속의 공원이여.
노랠 찾아 떠난 여행, 바다에 갇힌 바다여.
자유 찾아 떠난 여행, 붉은 노을의 집시 여인이여.
바람 속에 웃는 눈빛 나를 처음 만났어라.

욕심 없는 마음이여, 바다 같은 마음이여.
욕망 없는 마음이여, 햇살 같은 마음이여.
사랑 하는 마음이여, 바람 같은 마음이여.
너를 위한 마음이여, 너를 위해 죽으리라.

# Good Bye My Love Seattle

1.

다음 날 아침 일찍 나는 잠에서 일어났다. 몸이 가벼웠고 마음은 더 가뿐했다. 나는 걸어서 하늘까지 넉넉잡고 한두 시간이면 족히 올라가 닿을 수 있을 것 같았다. 이젠 떠나야 한다. 나는 샤워를 했고 와플 중심의 아침을 먹었다. 식사를 마치고 방으로 돌아와 짐을 싸는데 전화가 걸려왔다. h였다.

"굿 모닝, 잘 잤어요?"

"오, 잘 잤어."

"목소리가 좋은데?"

"음, 좋아."

"호텔 로비예요. 기다릴게요."

"왜? 올라와."

"아뇨. 기다릴게요."

"알았어."

나는 가방을 꾸린 다음 한 손엔 가방을 들고 어깨엔 기타를 메고 호텔

로비로 내려갔다. 내가 카운터에 키를 내 주고 계산을 하려고 하자 호텔 직원은 h를 손짓하며 h가 이미 다 계산을 했다고 말했다. 나는 h를 돌아보았다. h가 다가왔다.

"가요. 내가 물어보지도 않고 계산해서 미안해요."

"음……. 아냐."

난 어정쩡하게 대답했다. h가 운전하고 난 옆자리에 앉아 마지막 시애틀 도심의 풍경을 눈에 담고 있었다.

"사진 많이 찍었어요?"

"음, 많이 찍었어."

"다음에 오면 독일 마을에 가요."

"독일 마을?"

"거기 참 좋아요. 마을 들어가는 길이 기가 막혀요. 또 맥주가 아주 맛있어요. 그리고 사과밭도 가고."

"거긴 또 뭐야."

"독일 마을 더 지나면 있어요. 위나치란 곳인데 사과 축제가 있어요. 위나치 근처만 가도 사과향이 나요. 사과가 어찌나 맛있는지 그 즙과 향기가 끝내줘요. 한번은 아파트 베란다에 위나치 사과 한 상자를 놔뒀는데 어느 날 보니까 야생동물들이 사과박스 안에서 우글우글, 아, 글쎄, 요 녀석들이 사과 파티하는 거예요. 그러더니 아주 맛있으니까 날 빤히 보면서도 도망갈 생각도 안 하고 같이 드실래요? 이러는 거 있지?"

"있지? 어라, 말이 반 토막 난다."

"왜? 반말 좀 하면 안 되냐?"

"어쭈, 새까만 인생의 후배가."

"결혼 안 하면 다 애야."

"흠, 그 부분은 내가 인정한다. 맞아. 애지 애야. 하하."

난 약간 어색하게 웃었다. 멀리 마운틴 레이니어가 눈에 들어왔다. 차가 좀 더 속력을 냈고 공항은 그리 멀지 않았다. 너무 빨리 온 게 아닌가 싶었다. 우린 공항에서 커피를 한 잔씩 마셨다. 한동안 침묵이 흘렀고 창밖 활주로를 바라보며 h가 말했다.

"나 기다려 줄 수 있어요?"

난 순간 생각했다. 내가 누굴 기다려 줄 자격이 있나? 정말 내가 h를 기다려 주고, 내가 기다려 온 h가 내 앞에 나타났을 때, 난 착하게 h를 사랑하고 책임질 수 있을까? 나 하나도 벅찬 못난 놈인데. 하지만, 난 반투명하게 고개를 끄덕이며 답했다.

"그래."

"고마워요. 들어가요. 늦겠어요."


h가 먼저 일어섰고, 나는 약간 무겁게 일어났다. 나는 h에게 편지 대신, 내 가슴 위에 늘 걸고 다녔던, 샤워할 때도 풀지 않았던 십자가 목걸이를 끌러 목에 걸어 주었다.

"이거 받아 줄래?"

"이게 뭐죠?"

"주고 싶어서. 독일 쾰른에서 음반박람회가 있었는데, 그때 주말에 호텔 앞에서 벼룩시장이 섰었어. 그때 산 거야. 백금이고 심플해서 샀어. 10유로 정도 줬을 거야. 담백해서 내가 정말 좋아하는 거야. 주고 싶어."

"예쁘다. 잘 간직할게요."

h는 좋아하는 것 같았다. 그리고 출국하려고 마지막 인사로 가볍게 포옹했다. 아주 가볍고 따스하게 h가 내 가슴에 안겨왔다. 나는 걸어 들어가며

뒤를 돌아보았고 거기 h가 서 있었다. h가 손을 흔들어 주었다. 나도 힘차게 손을 뻗어 올려 손을 흔들었다. 가슴이 먹먹해 왔다. 이젠 h가 보이지 않는 곳이다. 난 마지막으로 한 번 더 웃으며 손을 흔들었고 h도 환하게 웃으며 손을 흔들어 우린 서로에게 인사하고 있었다. 늘 그렇듯이 출국은 입국에 비해 간단했다. 난 내가 타고 갈 비행기에 오르기 위한 게이트 앞 의자에가 앉았다. 노트를 꺼냈다. 여행을 메모한 노트였다. 나도 모르게 노랫말을 써 나가고 있었다. 어제 마운틴 레이니어의 밤과 h, 그리고 h가 살아왔고 살아갈 시애틀 그리고 언젠가 다시 만날 h를 위한 시애틀이 내게 들려주는 노래였다. 나는 가난해서 h에게 노래 밖에 줄 것이 없었다.

good bye my love seattle
good bye my love seattle
사랑한다 말하고 싶었지만
안녕이라 말하네요.
good bye my love seattle

good bye my love seattle
good bye my love seattle
다시 오고 싶어서 그랬나봐
아마도 그럴 거예요.
good bye my love seattle

good bye my love seattle
good bye my love seattle

레이니어 산 위의 작은 꽃들
지금도 잘 있나요
good bye my love seattle

good bye my love seattle
good bye my love seattle
지미와 바다와 다운타운과
프리몬트의 작은 커피숍
good bye my love seattle

good bye my love seattle
good bye my love seattle
우리 다시 만날 것을 믿어요
그대여 울지 말아요
good bye my love seattle

good bye my love seattle
good bye my love seattle
시애틀의 나무와 밝은 햇살
영원히 잊지 못해요
good bye my love seattle

# 뭐지? 미국 대중음악?

누군가 내게 '구자형, 미국 대중음악 뭐야?' 고 묻는다면 나는 미국 대중음악은 영혼과 썩은 권력 사이의 전쟁이라고 말한다. 말하자면 영혼의 억눌림, 그 부자유를 지속시키려는 독재 권력의 거짓을 때려 부수고, 엎어치기로 넘겨뜨리면서 이단 옆차기로 이걸 날려 버려? 아님 이 허깨비를 죽여 말어? 이러면서 다시 씩씩하고 담대히 걸어 나가기, 그래서 기뻐하기, 그래서 자유하기가 바로 미국 대중음악의 역사인 것이다.

1950년대 후트내니hootnanny(특별한 뜻은 없다고 하지만 특별한 뜻이 있을 것이다. 다만 알려지기로는 '꽥' 소리 지르다로 알려져 있다.)음악운동이 있었다. 후트내니 정신은 상업화된 음악으로 인해 진정한 민심이 노래로 불리워지지 않는 어처구니없고, 날로 답답한 세상에 새로운 바람, 신선한 음악의 바람을 불러 일으켜 일단 살고보자는 비명이었다. 이 음악운동의 중심엔 피트 씨거, 우디 거스리가 있었다. 후트내니 음악운동의 또 하나 핵심은 스타를 만드는 자본주의 시스템의 음악 유통이 아니라 함께 노래하는 민요정신의 부활이었다. 여기서 이미 사랑과 평화, 협력과 협동의 공동선의 자유정신이 싹트고 있었던 것이다.

그리고 1962년 미국의 밥 딜런이 Blowin' In The Wind, 바람만이 아는 대답을 노래한다. 전쟁이 언제 끝나는가에 대한 질문을 세상에 대해 던진 밥 딜런은 노래 끄트머리에서 이렇게 스스로 답한다. 그 대답은 내 친구 불어가는 바람만이 알고 있습니다. 이 노래로 인해 미국 대중음악은 또 다시 소생한다. 이 노래로 인해 미국 대중음악의 지평은 피트 시거의 미 대륙의 주인이 민중임을 노래했던 This Land Is Your Land에서 벗어나 비로소 세계적인 시선을 갖게 되는 것이다.

그리고 1969년 Wood Stock Festival이 개최된다. 2박 3일간의 lOVE & mUsic 축제를 통해 30만명의 젊은이들이 자유와 평화를 마음껏 누리며 기존권력이 관심없어하는 진정한 삶의 축제의 기쁨을 지미 헨드릭스, 산타나, 멜라니 사프카, 캐니드 힌, 리치 해븐스, 존 바에 즈 등의 음악인들의 노래를 따라 부르고 함께 울컥거리며 함께 짠한 감동 맛보며 모든 비 인간적 거추장스런 장식들을 모조리 걷어내고 벌거벗은 영혼으로 노을처럼 빨갛게 타 올랐었다. 8월의 한가운데에서였다.

이밖에도 뉴올리언즈에서 탄생하는 유럽 클라식과 아프리카 흑인 노예들의 자유에 대한 소망과 리듬이, 그들이 핏속에 지니고 있던 원초적 노래와 결합하면서 재즈는 자유를 향해 돌진한다. 여기에 루이 암스트롱의 트럼펫이 재즈 트레인의 기적을 올렸고, 그의 시가가 재즈 트레인의 화차연기를 피워 올렸던 것이다.

또 있다. 수년전 갑자기 행방불명된 레이 찰스가 있다. 그는 1950년대 말 가스펠과 미국의 록을 결합시키면서 소울 뮤직을 창시한다. 이 흐름은 블랙 뮤직의 아름다움이 영혼에 있음을 늘 분명히 상기 시키고 있고, 이 흐름의 거대함은 지금 힙합 정신의 중요한 축이 되어 있는 것이다.

여기에 또 하나, 아니 또 아주 여럿이 있다. 바로 언더그라운드 뮤지션들이다. 미국의 자그마한 라이브 클럽에서 오늘밤에도 뜨겁게 혹은 따스하게 연주될 그들의 음악은 미국의 영혼, 미국을 대표하는 시인, 미국의 목소리 월트 휘트먼의 시, '풀잎'을 닮았다. 그들은 권력의 바람이 불어 올 때 마다 어김없이 어지러이 흩날린다. 하지만 그들의 가슴 속에서는 언제나 늘 진정한 자유의 바람이 자신들의 영혼의 불씨를 다시 타오르게 할 것이란 믿음을 갖고 와장창 전진 중이다. 바람이 뒤돌아보지 않듯, 바람이 한번 불어가면 어느새 사라지듯 언더그라운드 뮤지션들도 자유의 바람을 만나기 위한 그들 삶의 순결한 이야기들을 낱낱이 노래하고 파 고향을 떠나 고행의 길을 떠났고, 그 길 위에서 인위적이고 가식적인 바람이 아닌 진짜 바람, 위로의 바람을 만날 때 마다 저절로 추어지는 영혼의 춤을 추며 자신들의 춤을 기다리는 작은 라이브 클럽들의 나그네들을 위해 그 무대 위를 향하는 것이다.

그렇다. 노래는 그렇게 언더그라운드 음악인들의 유일한 나라인 것이다. 날개인 것이다. 지상에 방 한 칸 없는 자유영혼들은 그 무대 위에서 미국 대륙보다 더 커다란 음악이라는 별을 소유 아닌 자유 하는 것이다.

이런 언더그라운드의 원조 선생님들이 계시다. 모조리 다 흑인이었다. 초기 블르스 맨들이다. 심장은 오직 하나뿐이었기에 어쩔 수 없이 기타 하나, 목소리 하나, 영혼하나만으로 노래했던 그들은 블르스의 뿌리였고 전설이었다. 그들은 고통 받는 흑인들의 희망

없음에 대해 기타 줄을 퉁기면서 희망의 새를 하늘 높이 날리우는 마법사들이었다. 그들은 상처받지 않는 영혼, 흠 없는 영혼, 즉, 온 세상을 여행하는 자유의 바람이 되고 싶어 세상에 눈감고 자신의 영혼, 자신의 바람을 찾아 나섰다. 그렇게 고통이 노래가 되는 것, 그리고 그 노래를 부르기 위해서 고통을 정면으로 바라보거나 측면에서 훔쳐보면서 그 고통에 대해 알아가기, 이것이 블르스의 아름다운 블르스 과학인 것이다. 그 블르스에 대해서 최고의 블르스 작곡가로 일컬어지는 윌리 딕슨Willie Dixon은 이렇게 말했다. 블르스는 뿌리이며, 다른 모든 것들은 그 열매이다. 여기 까지만 하자. 구자형이 다 하면 당신은 할 일이 없다. 다만 이 얘기는 하고 싶다. 내가 미국 음악여행을 떠난 까닭은 미국이 음악의 자유, 영혼의 자유가 더 앞서 있었기 때문이었다. 그야말로 바람을 제대로 쏘이기 위해서 떠난 것이었다. 그리고 밥 딜런과 비틀즈의 바람이 내게 주었던 그 질문들에 대해 난 이제 이 책 Wind와 이 책의 o.s.t '바람이 가르쳐준 노래'를 통해 아시아의 대답을 최초로 전개해 나갈 참이다.

그리고 정말 끝으로 한 마디 더. 이 책 속의 사진들은 내가 여행 중에 찍은 사진들이다. 그 사진들과 나의 글과 더불어 이 책은 당신의 영혼의 깃발을 나부끼게 하는 평화의 바람 그리고 떠나고 싶게 하는 자유의 바람이 되길 진정 기도합니다. 그래서 당신의 영혼을 사랑하고 가난을 자랑하세요. 마음껏! 고맙습니다.